맨드라미의 빨강 버드나무의 초록

ぬるい眠り

NURUI NEMURI

Copyright ©2007 by Kaori EKUNI

First published in Japan in 2007 by Shinchosha Co., Ltd.

Korean translation rights arranged with Kaori EKUNI

through Japan Foreign-Rights Centre/Shinwon Agency Co.

맨드라미의 빨강 버드나무의 초록

펴 낸 날 | 2008년 3월 14일 초판   1쇄
          2022년 7월 15일 개정판 1쇄

지 은 이 | 에쿠니 가오리
옮 긴 이 | 신유희
펴 낸 이 | 이태권

책임편집 | 안여진
책임미술 | 고현정
펴 낸 곳 | 소담출판사
          서울특별시 성북구 성북로5길 12 소담빌딩 301호 (우)02880
          전화 | 02-745-8566   팩스 | 02-747-3238
          등록번호 | 1979년 11월 14일 제2-42호
          e-mail | sodambooks@naver.com
          홈페이지 | www.dreamsodam.co.kr

ISBN   979-11-6027-000-6 03830

• 책값은 뒤표지에 있습니다.
• 잘못된 책은 구입하신 곳에서 교환해드립니다.

맨드라미의 **빨강**
버드나무의 **초록**

에쿠니가오리 지음
신유희 옮김

소담출판사

차례

러브 미 텐더

내가 놀란 이유는, 부모님이 이혼할지도 모른다는 것 때문이 아니다. 두 분의 이혼 소동이야 이미 백 번은 되지 싶다. 그런 일 때문이 아니라 엄마가 내게 한 이야기, 다시 말해 엄마의 병이 그렇게까지 깊어졌다는 데에 나는 놀랐다.

수화기 너머 엄마는 몹시 들떠 있었다.

"이혼한대도 위자료 따윈 필요 없어. 너도 알다시피 난 좋은 아내가 아니었잖니."

바보 같은 소리 말라고 나는 말했다.

"위자료 한 푼 없이 어떻게 살아가려고."

도대체 일흔이 다 된 노부부가 이혼이라니, 남들 보기 민망하다. 쿠쿠쿠 소리를 내며 엄마는 웃었다.

"그 사람이랑 살 거야."

"……그 사람?"

"요즘 매일 밤 전화해 주잖니. 나한테 푹 빠졌나 봐."

그렇게 말하곤 엄마는 다시 한번 쿠쿠쿠 하고 웃었다.

"엄마? 괜찮은 거야?"

"괜찮고말고."

건조한 목소리로 엄마는 말했다.

커피를 내리며 남편에게 이야기하자, 남편이 신문을 펼친 채 물었다.

"그 사람이라면, 엘?"

내가 고개를 끄덕이자 남편은 쓴웃음을 짓고, 곧이어 진지한 얼굴로 말했다.

"병원에 한번 모시고 가는 게 낫지 않을까?"

남편은 회사에, 고등학생 아들은 학교에 각각 보내고 뒷정리를 마친 후 2층으로 올라갔다. 책장에서 『가정의학』 서적을 빼냈다.

'노인성 치매―뇌의 노년성 변화로 인해 노인에게 발생하는 일종의 정신병. 기억력이 감퇴하고 성격도 변화한다.'

거기까지 읽고 책을 덮었다. 암담한 기분이었다.

엄마는 엘비스 프레슬리를 열렬히 사모하고 있다. 팬이니, 오빠부대니, 그런 정도가 아니다. 엘비스 프레슬리는 엄마의 인생 자체이다. 집 안의 벽은 온통 엘비스 프레슬리의 레코드 재킷으로 메워져 있고, 벽장은 잡지 오린 거며 엘비스 프레슬리 용품 따위로 점령당한 지 오래다. 물론 LP 플레이어에서는 밤낮없이 그 달콤한 목소리가 흘러나온다. 벌써 몇십 년 넘게 쭉 그 지경이다. 늦게 배운 도둑질에 날 새는 줄 모른다지만, 엄마의 경우는 그게 좀 심하다. 엄마가 엘비스 프레슬리에 눈을 뜬 것은 서른이 지나서였다. 대개의 병이 그렇듯, 이런 일은 늦으면 늦은 만큼 중증으로 발전한다.

딱한 사람은 아버지다. 앞치마가 잘 어울리는, 정숙한 현모양처인 줄로만 알았던 당신의 아내가 어느 날 갑자기 싹 달라졌으니 말이다. 머리를 자르고 파마를 하고 플레어스커트를 차려입고 댄스홀에 다니는 엄마를 보며, 아버지는 엘비스 프레슬리를 꽤나 원망하셨으리라.

엘(우리는 그를 이렇게 부른다)이 사망하던 무렵의 일을 나는 평생 잊지 못할 것이다.

우리 가족에게 1977년 8월은 하루하루가 공포의 나날이었다. 엄마는 그저 울기만 하고, 우리는 날붙이란 날붙이, 끈이란 끈은 모조리 감췄다. 엄마가 어떻게 되는 건 아닐까 싶어 다들 전전긍긍했으나, 한 달을 울며 지낸 엄마는 그 후 느닷없이 미국행 비행기에 올랐다. '성묘'란 이름하에 ―. 엄마로선 처음 해 보는 혼자 여행인 데다 비행기도 처음 타 보는 거였다.

그렇다 보니, 두 분 사이에는 지겹도록 '이혼의 위기'가 찾아왔었다(이혼 위기가 두 분의 부부로서의 역사 자체였다는 표현이 더 정확하다). 그러나 갈라서네 마네 난리를 치면서도 매번 없던 일이 되다 보니, 처음에는 걱정되어 마음 졸이던 친인척들도 좀 지나면서부터는 아예 눈도 깜짝하지 않게 되었다. 나도 어느 때부터인가 두 분은 저러면서 잘 사실 거라 여기게 되었다.

지난 몇 년 새, 엄마의 엘비스 병은 부쩍 악화되었다. "엘비스가 꿈자리에 나타났어."로 시작하여, "장지문에 엘비스 그림자가 비쳤어.", "자고 있노라면 엘비스가 내 머리를 쓰다듬어 줘."라는 따위의 터무니없는 이야기를 진지한 얼굴로 말했다.

아무리 그래도 어젯밤의 엄마는 너무 심했다. 나는 립스틱을 바르면서 생각했다. 그가 전화를 걸어 오다니, '꿈자리'도 '그림자'도 '자고 있노라면'도 아닌, 현실 속에서 전화를 걸어 오다니.

개 사료 캔을 따 그릇에 옮겨 주고 나서, 문단속을 하고 차에 올랐다. 시동을 걸고 좌석 벨트를 매고 햇빛 가리개를 내린 후,

거울을 보며 머리를 매만진다. 브레이크 페달에서 발을 떼고 액셀러레이터를 밟으며 라디오를 켠다. 세타가야에 있는 친정집까지는 차로 약 40분 거리이다.

"뭐가, 위자료는 필요 없다, 야."

소리 내어 말하고, 액셀러레이터를 한층 힘주어 밟았다. 초겨울의 청명한 아침이었다.

엄마는 여느 때처럼 아주 멀쩡했다.

"뭘 일부러 오고 그러니. 아직 이혼이 결정 난 것도 아닌데."

차를 끓이면서 하는 말소리도 또렷하고, 도저히 노인성 치매 환자라고는 생각되지 않는다.

"아마낫토(콩을 설탕과 함께 졸여 과자처럼 만든 것_옮긴이) 좋아하지? 많이 있으니까 갈 때 가져가려무나."

나는 애가 탔다.

"음악 좀 꺼요. 할 얘기가 있으니까."

나도 모르게 성을 내며 LP 플레이어를 멈췄다. 철 지난 블루하와이가 툭 끊겼다.

"뭐니, 모처럼 듣고 있는데."

불만스럽게 말하고 엄마는 꿀꺽 소리를 내며 차를 마셨다.

"엄마, 그 사람한테서 전화가 오다니 어떻게 된 거예요?"

기다렸다는 듯이 엄마는 생긋 웃었다.

"어떻게 되긴, 그랬다는 거지."

"진심으로 하는 말 아니죠?"

엄마는 흐흥 하고 웃었다.

"알아요? 엘비스 프레슬리는 벌써 오래전에 죽었다고요."

엄마는 못 들은 척 딴청을 피운다.

"엄마!"

엄마가 고개를 움츠렸다.

"깜짝이야. 전화가 걸려 온 걸 나더러 어떡하라고."

"천국에서?"

"글쎄다."

눈길을 피하며 엄마는 아마낫토를 한입 가득 넣었다.

엄마 말에 의하면, 전화는 매일 밤 12시 정각에 걸려 온단다. 엄마가 전화를 받으면, 엘은 우선 사랑의 언어를 속삭인다고.

"일본어로?"

엄마가 고개를 끄덕인다.

"공부했겠지. 날 위해서."

나는 기가 막혀 할 말을 잃는다. 그뿐만이 아니다. 사랑의 언어를 속삭이고 나서, 엘은 어김없이 노래를 부른다.

"일본어로?"

"영어야. 러브 미 텐더."

엄마는 황홀한 듯 예의 명곡을 흥얼거렸다.

Love me tender, Love me true…….

"늘 그 곡이야?"

"그래. 가끔은 다른 노래도 듣고 싶지만, 뭐, 애창곡이니까 어쩔 수 없겠지."

대체 무슨 곡절인지.

"장난 전화는 아니고?"

엄마가 나를 노려보았다.

"아냐."

단호하게 말하고, 작은 목소리로 "넌 몰라." 하고 덧붙였다.

"수화기를 타고 전해져."

엄마는 역설한다.

"수화기를 타고 내 손이랑 귀에, 그의 사랑이."

나는 한숨을 내쉬었다.

"아버지는?"

엄마는 갑자기 머쓱해진 목소리로 말했다.

"슬롯머신 가게에 가 있겠지."

아버지가 들어오시길 기다렸다가 우리는 오랜만에 셋이서 점심을 먹었다.

"천천히 있다 가거라."

아버지가 느긋하게 말했다.

"그러지도 못해요. 놀러 온 게 아니라서."

"수선 피울 거 없어. 어제오늘 시작된 일도 아니고."

양하襄荷가 든 죽을 후루룩거리며 아버지가 말했다.

"의사한테 상담해 봐요."

엄마가 레코드를 뒤집으러 간 틈을 타 나는 작은 목소리로 말해 보았다.

그러나 아버지는 힘없이 웃으며 고개를 흔들었다.

"나쁠 것 없잖냐, 전화로 혼자 노는 정도야."

LP 플레이어에서 G.I. 블루스가 흘러나온다.

정말이지─.

나는 밥을 입 안에 밀어 넣고, 아버지의 대범한 옆얼굴을 못마땅한 마음으로 바라보았다. 아버지는 도무지 문제의 심각성을 깨닫지 못한다. 늘 이런 식이다. 이게 다 아버지가 너무 물러터진

탓이다.

"오늘 밤 12시까지 기다려 볼래?"

느닷없이 엄마가 말했다.

"그러면 그 사람 목소리 들려줄게."

자신만만한 말투였다. 전화가 걸려 오지 않으면 엄마도 정신을
차릴지 모르겠단 생각이 들었다. 혼자 하는 전화 놀이라니, 건전하
지 못하다. 어찌 됐든 엄마를 현실 세계로 되돌려 놓아야 한다.

"글쎄. 그래 볼까?"

나는 남편 직장에 전화를 걸어 좀 늦는다고 전했다.

긴 하루였다. 12시란 시각이 영원히 찾아오지 않을 것만 같았
다. 아버지와 엄마와 나 세 사람은 별반 하는 일도 대화도 없이,
그저 앉아서 잡지를 뒤적이고 귤을 까먹고 아마낫토를 먹고, 끊
임없이 이어지는 백 뮤직을 들었다. 결혼 전에는 늘 이 백 뮤직
속에 묻혀 살았다. 아득한 나날, 엘의 콧소리, 엄마의 허밍.

저녁 식사 후 텔레비전을 보고, 차례로 목욕을 마친 우리는 그
때를 기다렸다. 걸려 올 리가 없지 싶으면서도 나는 무척 긴장이
되어 무슨 소리만 나도 심장이 덜컥 내려앉았다. 유령 따위 없다
고 여기면서도 밤중에 화장실 가기가 겁나는, 그런 기분과 비슷
했다.

물론 전화는 오지 않았다. 우리는 12시까지 기다렸고, 맨 먼저 포기한 사람은 아버지였다.

"시시해. 나 먼저 잔다."

낡은 잠옷을 질질 끌다시피 하면서 아버지는 계단을 올라갔다.

"이제 알겠죠? 전화 따위, 엄마의 환상이라고요."

내 말에도 엄마는 차분한 기색이었다.

"오늘은 무슨 일이 있나 보지."

그렇게 말하고, 뭐가 그리 즐거운지 싱글싱글 웃는다.

"그보다 너, 얼른 돌아가야지. 신랑한테 미안하잖아."

나는 만 번쯤 한숨을 쉬고 싶은 심정이었다.

"안 그래도 갈 거예요."

"자, 선물."

엄마는 찻잎이니 가쓰오부시니 아마낫토니, 온갖 것을 바리바리 싸서 종이 백에 한가득 담아 주셨다.

"또 오너라."

나는 그 이상 엄마와 실랑이할 기력도 없어, 무거운 종이 백을 안고 비슬비슬 차에 올랐다. 베이지색 시트에 기대어 눈을 감고 조그맣게 숨을 토한다. 시동을 걸고 히터와 라디오를 켰다.

큰길에 나섰을 즈음, 나도 모르게 차를 세웠다. 오도카니 밝은 공중전화 박스에서 아버지가 어딘가에 전화를 하고 계셨다. 잠옷에 점퍼를 걸친 모습으로 커다란 라디오 카세트를 안고서—.

나는 한동안 벌린 입을 다물지 못했다.

"세상에나."

핸들을 쥔 손끝에서 힘이 빠져나간다.

"농담이시겠지."

아버지는 매일 밤 저렇게, 공중전화 박스 안에서 러브 미 텐더를 흘려보내는 걸까? 기가 막히다 못해 괘씸한 생각마저 들었다. 뭐가 엘의 사랑이람.

나는 액셀러레이터를 밟으며 천천히 전화 박스를 지나쳤다. 룸미러 속, 초라한 엘비스 프레슬리가 점점 작아진다.

"뭐야, 도대체."

갑자기 눈시울이 뜨거워졌다.

어서 돌아가야겠다는 생각을 했다. 빨리 돌아가서 커피라도 마시자. 그리고 노부부의 2인 놀이를 남편에게 얼른 보고하자. 남편은 뭐라고 말할까?

나는 키득키득 웃으면서 심야의 고슈 가도를 달렸다. 남편과 아들과 애견이 기다리는 우리 집을 향해.

선
잠

I

    소파에 드러누워 튀김과자를 먹으면서 고스케 씨를 생각했다. 고스케 씨의 손가락, 고스케 씨의 머리카락, 고스케 씨의 걸음걸이…….

    과자는 아삭아삭 고소한 소리를 내며 입 안에서 부서지고, 나는 과자 봉지의 절반을 비웠을 즈음 소파에서 내려왔다. 봉지 입구를 고무 밴드로 동여매고 냉장고에서 우유를 꺼내 마신다. 이래서 여름은 싫다. 여름엔, 아무려나 상관없는 일들만 생각난다. 미덥지 못하고, 센티멘털하고, 그리고 터무니없다.

    푸르키네 현상 (어두워질 무렵에 파장이 긴 붉은색은 어둡게, 파장이 짧은 보라색은 비교적 밝고 선명하게 보이는 현상_옮긴이)이 일어나면, 난 어김없이 묘한 기분에 젖는다. 그리움과 안타까움의 중간. 뭔가 아주 먼 옛날 일이 떠오를 듯 떠오르지 않는 느낌.

내가 아직 초등학교에 들어가기 전, 부모님이 요란하게 부부 싸움을 벌인 적이 있다. 현관에서 울며불며 엄마의 허리춤에 매달리는 나를 아버지가 떼어 내고, 엄마는 나들이용 구두를 신고 집을 나가 버렸다. 나는 2층으로 뛰어 올라가 쌓아 둔 이불 더미에 엎어져 울었다. 내장이라도 토해 낼 듯이 꺼이꺼이 울었다. 목이 다 쉬도록 울다 지쳐 무거운 머리를 들어 보니 어둑어둑한 방 안에 정적이 감돌았다. 나는 다다미 위에 다리를 털썩 뻗고 앉아 퉁퉁 부은 눈으로 창밖을 보았다. 온 동네가 퍼랬다. 그 공기, 그 냄새. 깜짝 놀라 조심조심 손을 내밀어 보았다. 공기에 닿으면 손가락 끝까지 퍼렇게 물이 들 것 같았다. 불안하고 안타까운 심정으로 언제까지고 창밖으로 손을 내밀고 있었다.

이러한 푸른 저녁을 푸르키네 현상이라고 부른단다. 시야가 탁해지므로 각별히 주의해야 한다고 운전 학원에서 배웠다.

묘한 이야기지만, 그때 나는 전철에 오르는 엄마의 모습을 보았다. 옥색 옷을 입은 엄마는 역에서 공중전화로 어딘가에 전화를 한 통 걸고 나서, 냉동 귤을 사 들고 도쿄행 쾌속 전철에 올랐다. 옆에는 뚱뚱하게 살이 찐 할머니 한 분이 앉았다. 왜 그런지 내 눈높이가 위에 있고 몸이 공중을 둥둥 떠다니는 가운데 출발하는 열차를 지켜보았던 것으로 기억한다. 그런데 그 기억이 너무나 선명하여, 고개 숙인 엄마의 슬픈 옆얼굴까지 또렷이 생각난다.

그 후 부모님은 금세 화해했지만, 그날 내가 한 시간씩이나 넋이 나가 있었기에 걱정이 된 아버지가 의사까지 불렀다는 이야기를 나중에 들었다.

그런 기억 때문인지 푸르키녜 현상이 일어날 때면 항상 조금 슬프다.

고스케 씨와 헤어진 지 한 달이 된다. 시인인 고스케 씨는 시집을 두 권 냈지만 도무지 팔리질 않는다. 팔리기는커녕, 나는 아예 서점에서 그 사람의 책을 본 적이 없다.

"책은 한 번에 어느 정도나 찍어 내죠?"

언젠가 내가 묻자 고스케 씨는,

"초판에 천 부."

라고 대답한 후, "자비로."라는 말을 덧붙였다. 고스케 씨의 시집 천 권이 대체 어디에 어떻게 뿌려졌는지, 나로서는 정말 신기할 따름이다.

고스케 씨와는 반년 동안 함께 살았다. 고스케 씨는 나를 좋아
했고, 나도 고스케 씨가 좋았다. 무척 순애보적인 사랑이었다고
생각한다. 만나자마자 우리는 거의 직감적으로 서로를 이해하고
사랑했다.

"그건 정말이지, 야생 사슴의 짝짓기와도 같았어."

한참 지난 후에 고스케 씨는 그런 말을 했다.

우리는 종종 '모멘야'라는 술집에서 데이트를 했다. '모멘야'
는 시부야 뒷골목에 있는 싸고 맛있고 자그마한 가게였다. 우리
는 그곳에서 차가운 청주를 찔끔찔끔 핥듯이 마시며 이야기했
다. 몇 시간이고 좋았다. 고스케 씨가 어려서 일식 요리사를 꿈꾸
었다는 것도, 중학생 때 농구를 하다 코뼈에 금이 갔던 일도, 난
이 가게에서 알았다. 고스케 씨는 평소엔 과묵하지만 술이 들어
가면 말이 좀 많아지는 편이었다. 덕분에 나는 미야자와 겐지를
비롯하여 밀튼, 기타하라 하쿠슈, 프뢰벨에 대해 훤히 알게 되었
다. 반면 고스케 씨는, 이혼 소송을 둘러싼 자녀의 입장과 현상에
대해 (이건 나의 졸업 논문 주제이지만) 사뭇 밝아졌으리라.

고스케 씨가 부인 이야기를 하지 않은 것은 부인이 있다는 사
실을 숨기려 했기 때문이 아니다. 우리의 사랑에 부인이 있고 없

고는 아무 문제가 되지 않았다. 이렇게 말하면, 무척 오만하게 혹은 아주 무책임하게 들릴지도 모른다. 그러나 세상에는 이런 식으로밖에 사랑할 수 없는 인간이 있기 마련이다.

고스케 씨의 맨션에 처음 놀러 갔던 날, 아주 살풍경할 정도로 정돈된 그 집은 아무리 봐도 가정의 냄새가 나지 않았다. 그래서 고스케 씨가,

"아내는 지금 없어."

라고 말했을 때, 난 조금 놀랐다.

"그래요. 그럼 어디 있는데요?"

"나가노. 친정에 가 있어."

"그래요."

나는 다시 한번 그렇게 말하고, 그 이야기는 그걸로 끝이었다.

"아가씨는 클러치 연결이 서투네요."

조수석에서 운전 강사가 말했다.

"좀 더 매끄럽게 안 될까요. 마음 같아선 손으로 그쪽 허벅지를 눌러 가며 클러치 조작을 감각적으로 가르쳐 주고 싶지만, 그랬다간 당장에 따귀 맞을 게 뻔하고. 가끔 있어요, 이상한 오해를 하는 사람이. 내 딴엔 친절하게 가르쳐 주려는 건데 말이죠. 하하."

26

강사가 얼빠진 목소리로 웃었다. 꽤나 수다스러운 사람이다.

신호가 붉은색으로 바뀐다. 클러치와 브레이크를 밟으며 기어를 내린다.

"오, 지금 브레이크는 아주 좋았어요. 우선 엔진 브레이크를 사용하고, 그런 다음 풋 브레이크를 천천히 두 번. 스르르 하고 조용히 멈추는 느낌으로요. 음, 아가씨는 브레이크 잡는 것만 잘하는군요."

나는 애매하게 웃으며 맞장구를 친다. 이렇게 에어컨 바람이 쌩쌩 도는데, 강사의 이마에는 땀이 흐르고, 구깃구깃한 손수건으로 아까부터 연신 얼굴을 훔친다.

당신과 헤어지면 운전면허를 딸 생각이에요, 라고 말했을 때 고스케 씨는 못하게 말렸다. 초여름 날, 나는 침대 위에 털썩 주저앉아 고스케 씨가 끓여 내온 말차를 마시는 중이었다. 창문으로 오후의 바람이 살랑살랑 불어 들어오고, 고스케 씨는 침대 시트 안에서 책을 읽고 있었다(우리는 하루의 태반을 그런 식으로 침대 위에서 보냈다).

"트레이시 채프먼의 '패스트 카Fast Car'라는 곡, 알아요?"

"모르겠는데."

고스케 씨는 책에서 눈을 떼지 않고 대답했다. 나는 찻잔을 바닥에 내려놓고 시트 속으로 기어 들어가 고스케 씨의 입술 사이로 연둣빛 거품이 이는 액체를 미끄러뜨렸다.

"자, 방향 지시등을 켜고. 좌회전이에요, 좌회전."

초조한 목소리가 재촉하고, 나는 교차로에서 좌회전했다. 왼편에 운전 학원 건물이 불쑥 나타난다.

"뭐, 일단 도장은 찍어 드리는데요."

차를 멈추자 땀을 닦아 가며 강사가 말했다.

"클러치 연결, 염두에 두시고요."

"네."

"나머지는 대체로 괜찮은데, 무엇보다 익숙해지는 게 중요하니까."

"네."

나는 고맙다는 인사를 하고 차에서 내렸다. 한여름 햇살이 머리 꼭대기로 쏟아진다.

로비의 자동판매기에서 냉커피를 뽑아 들고 소파에 앉아 마셨다. 차갑고 목 넘김이 기분 좋다. 운전 학원은 여름 방학을 맞은 학생들로 북적인다. 구석에 마련된 텔레비전으로 중계되는 고교 야구가 사람들을 끌어모으고 있었다.

컴퓨터로 다음 회 강습을 예약하고 있는데, 누군가가 내 어깨를 찔렀다. 토오루였다. 이 아이는 키가 굉장히 크다. 오렌지색 폴로셔츠가 볕에 그을린 피부와 잘 어울렸다.

"안녕하세요. 혹시나 하면서도 다른 사람이면 어쩌나 싶었는데. 다행이다, 맞혀서."

싱긋 웃는 토오루의 얼굴을 보며, 이 아이는 틀림없이 여자애들한테 인기가 많겠구나, 하는 생각이 들었다.

장마가 한창이었다. 비 오는 아침에 전화벨이 울리고 고스케 씨가 전화를 받았다. 시트를 뒤집어쓴 채 깜빡깜빡 졸던 나는 몽롱한 의식 너머로, 고스케 씨가 "그럼, 기다릴게." 하며 전화를 끊는 소리를 들었다.

침대로 돌아온 고스케 씨 발이 차가워서 나는 몸을 뒤척였다.

고스케 씨가 담배에 불을 붙이고 말했다.

"다음 주, 아내가 돌아온대."

나는 침묵했다. 빗소리에 섞여 끼이익 하고 자전거 멈추는 소리가 들렸다. 나는 몸에 시트를 친친 두른 채 창가로 달려갔다. 늘 수금하러 오는 신문 배달원이 비닐이 덮인 바구니에서 신문

뭉치를 꺼내고 있었다. 나는 창문을 열었다.

"학생!"

얼굴을 든 사내아이가 내리는 비에 눈을 가늘게 뜨고 나를 올려다보았다.

"왜 그러세요!"

"잠깐 올라올래요? 용건이 있어서. 금방이면 돼요. 2층 끄트머리, 207호예요."

나는 그렇게 외치고는 창문을 닫고 얼굴에 달라붙은 머리카락을 쓸어 올렸다. 고스케 씨가, 못 말리겠네, 하는 표정으로 담배를 끈다.

신문 배달원은 금세 올라왔다. 초인종 소리에 문을 열자, 물이 뚝뚝 떨어지는 검은 비옷 차림으로 서 있었다.

"들어와요, 문 닫고."

그 아이는 순순히 시키는 대로 한다.

"나가지 말아 달라고 해요!"

나는 침실을 향해 소리쳤다.

"신문 배달원에게? 아니면 당신한테?"

고스케 씨가 어깨에서부터 시트를 푹 뒤집어쓴 채 나타났다. 그 모습이 어쩐지 우스꽝스러웠다.

"물론 나한테요."

내가 말했다.

"남자들은 보통, 허리 아래로만 두르지 않나? 그러고 있으니까 꼭 해나리 인형(해가 나길 기원하며 추녀 끝에 매달아 두는, 종이로 만든 인형. 일명 '테루 테루 보즈'라고 함_옮긴이) 같아."

고스케 씨는 전혀 개의치 않는 듯이, 그런가? 라고만 했다.

"나가지 말아 달라고 해요."

다시 한번 반복했지만, 고스케 씨는 가만히 그 자리에 선 채 난감한 듯 나를 응시할 뿐이었다.

나는 맨발로 현관 바닥에 내려서서 신문 배달원에게 아프도록 찐한 뽀뽀를 했다. 그의 뺨은 비에 젖어 차가웠지만, 입술은 말라 있었다.

"이건 파티 초대장이에요. 오늘 밤, 가만 있자, 7시가 좋을까? 여자 친구라도 데려와요."

우뚝 서 있는 신문 배달원을 보며 나는 생각했다. 좀 더 당황하는 모습을 보인다면 훨씬 애교 있어 보일 텐데.

"꼭 와요."

나는 생긋 미소 지으며 말했다.

"용건이란, 그것뿐인가요?"

신문 배달원은 나직이 말하고, 마치 복도에 세워 둔 불량 중학생처럼 곧은 눈빛으로 해나리 인형 같은 남자와 여자를 바라보았다. '토오루'가 그의 이름이었다.

그날 밤 파티에 토오루는 여자 친구가 아니라 남동생을 데려왔다. 남동생의 이름은 후유히코. 우리는 피자를 배달시켜 먹고, 사과 와인을 마시고, 노래방 기계도 없건만 '항구의 블루스'며 '뱃노래'를 열창했다.

고스케 씨는 후유히코가 무척 맘에 드는 눈치였다. 다름 아니라, 고교 2학년으로 올해 열여섯 살인 후유히코가 야구부원이었기 때문이다. 고스케 씨도 왕년에 야구 소년이었던 모양이다. 나는 야구에는 별 흥미가 없지만, 후유히코의 짧게 깎은 머리는 맘에 들었다. 산뜻한 느낌이 난다.

"우리, 안 닮았죠?"

토오루가 불쑥 그런 말을 꺼냈다.

"그러네, 전혀 안 닮았어."

내가 대답했다.

"둘 중 누가 좋아요?"

놀리는 듯한 표정이긴 했지만, 사뭇 성실해 보이는 눈빛으로 묻기에 나는 왠지 농으로 돌릴 수가 없었다.

"오늘 와 주어서 고마워."

나는 솔직한 심정으로 말했다. 이 아이들이 오늘 밤의 일을 오래도록 기억해 주면 좋겠다고 생각했다. 내게는 그들이 나와 고스케 씨의 반년 동거 생활을 입증하는 천진난만한 증인처럼 여겨졌던 것이다.

떠들썩한 밤이었다. 모두 알딸딸하게 취해 기분이 좋았다. 고스케 씨와 후유히코는 입만 열면 야구 이야기였다. 나는 후유히코처럼 머리를 짧게 깎은 열여섯 살의 고스케 씨를 상상해 보았다. 이미 서른두 살의 배 나온 아저씨가 되어 있었지만.

"지금, 몇 단계예요?"

토오루가 물었다. 운전 학원 옆 햄버거 가게의 테라스석에서 토오루는 데리야끼 버거를 먹고 있다.

"4단계."

나는 토오루의 소년다운 식욕에 눈을 뺏긴 채 대답했다(그의 쟁반에는 아직 손 안 댄 커틀릿 버거가 놓여 있었다).

"그럼, 이미 도로 주행에 들어갔겠네요?"

"응."

나는 토오루에게 냅킨을 건네고, 토오루는 그걸로 입술에 묻은 마요네즈를 닦아 냈다.

"토오루는 오토바이?"

"아뇨, 자동차. 이륜 면허는 이미 땄어요."

"아직 열일곱이라고 안 했어?"

"열여덟 생일 한 달 전부터는 학원에 다닐 수 있어요."

그렇게 말하고, 토오루는 자신의 교습부를 보여 주었다. 교습
부란 한 번 교육을 받을 때마다 도장을 찍어 주는 흰 종이로 출
석표 비슷한 건데 그의 교습부는 녹색이었다. 열일곱 살 녀석들
만 녹색이라고 그는 말해 주었다.

"아직 신문 배달하고 있니?"

교습부를 돌려주며 물었다.

"아버지가 차를 사 주시기로 했는데, 계약금 정도는 내 손으로
마련하려고요. 신문 배달 말고 다른 아르바이트도 하고 있어요."

데리야끼 버거를 다 먹은 토오루는 콜라를 한 모금 마시고, 천
천히 커틀릿 버거에 도전했다.

내가 그 집에 들어가 산 지는 고작 반년인데, 짐은 생각 외로
많았다. 타월이든 잠옷이든 남의 물건을 빌리는 게 싫었고, 홍차
에 캔디에 아무려나 상관없는 것들까지 싸 들고 나와야 했기에.

고스케 씨가 허브티니 젤리콩이니 하는 것들을 사다 놓을 사람도 아니다 보니, 그런 것들도 남겨 둘 순 없었다. 나란 존재는 그 집에서 흔적도 없이 사라져 버려야만 했다.

토오루가 신문 배달을 시작한 것은 고스케 씨와 내가 함께 살면서부터였다. 다음 달에 신문값을 받으러 왔다가, 고스케 씨 부인이 돈을 내주면 토오루는 과연 무슨 생각을 할까. 짐을 꾸리면서 멍하니 그런 생각에 젖었다.

새벽녘까지 난리 법석을 피운 덕에 짐 정리가 끝났을 때는 아침 8시가 지나 있었다. 날은 완전히 밝았고, 나는 고스케 씨의 잠든 얼굴을 말끄러미 바라보았다. 핸섬하다고는 할 수 없었다. 자는 얼굴이 조금 피곤해 보였다. 그래도 나는 왠지 견딜 수 없이 사랑스러운 기분이 들어 고스케 씨의 가슴팍에 뺨을 대 보았다. 심장 소리가 들렸다. 이번에는 곁에 살그머니 누웠다. 딱 15분만 옆에 누워 있다가 고스케 씨가 잠든 사이 돌아갈 생각이었기에 이불 속에는 들어가지 않았다.

그 집 침실에는 세미 더블 침대가 두 개 놓여 있었지만, 나는 단 한 번도 부인 침대를 사용한 적이 없었다. 때문에 고스케 씨는 어느새 침대 한쪽에서 잠을 자는 버릇이 생겨 버린 듯싶다. 그날도 고스케 씨는 침대의 반절을 비운 채 왼쪽에서 옹색하게 자고 있었다. 나는 고스케 씨 침대의 오른쪽 절반에 해당하는 '내 자리'에 누워 바로 옆의 고스케 씨를 느끼면서 눈을 감았다. 눈이 부실만큼 화창한 아침이라서 그다지 슬프진 않았다. 애정의 끝은 슬프지만, 우리 사이에는 아직 확실하게 애정이 남아 있으므로 슬퍼할 필요는 없을 것 같았다.

"동생은 잘 지내?"

바닐라 셰이크를 마시면서 토오루에게 물었다.

"네. 잘 지내요. 역 앞 레코드 가게에서 아르바이트를 하고 있어요."

"레코드 가게라면, 남쪽 출구의?"

"네. 사촌 형이 하는 가게예요."

남쪽 출구의 레코드 가게는, 어쩐지 캔디스나 핑크 레이디 따위의 오래전 음반밖에 없겠다 싶은, 신통찮아 보이는 가게였다. 그런 데서 아르바이트를 하다니, 후유히코답다는 생각이 들어서 살짝 웃었다.

"여자를 공략하려면."

토오루가 느닷없는 말을 꺼냈다.

"남자와 헤어진 후가 기회라는데, 정말일까요."

여느 때와 다름없는, 농담인지 진담인지 종잡을 수 없는 말투였다.

"글쎄, 어떨까."

후후후 하고 웃으며 나는 말했다. 이 아이는 가끔 깜짝 놀랄 정도로 어른스러운 얼굴을 한다.

나는 바닐라 셰이크를 비웠다. 쟁반을 들고 일어나자, 토오루가 입 안 가득 햄버거를 넣은 채, 오토바이로 왔으니까 바래다줄게요, 라는 듯한 말을 우물거렸다.

Ⅱ

현관 벨이 울려 나가 보니 리카가 서 있었다.

"뭐야, 히나코. 뭘 하느라 불도 안 켜고 있어."

듣고 보니 벌써 저녁이다.

"자, 이거, 풋콩."

리카가 신문지로 싼 녹색의 기름한 물체를 불쑥 내밀었다.

"우와, 저녁놀 끝내준다. 히나코, 불 끄고 저녁놀 보고 있었어?"

나는 그렇다고 해 두기로 했다. 확실히 창밖은 저녁놀이 장관이었다.

리카는 와카야마에 살았을 때부터 친한 친구로, 자칭 나의 감시꾼이다.

"이 아파트, 좁지만 창문 하나는 맘에 든다니까."

"그래서 이사 온 걸."

이 집에는 서쪽과 남쪽 양 방향으로 커다란 창이 나 있다.

우리는 풋콩을 삶아, 전깃불을 켜지 않은 채 창가에서 캔 맥주를 마셨다.

"아름답다."

리카가 감동받은 듯이 말했다.

솔직히 말해 나는 저녁놀을 그다지 좋아하진 않는다. 너무 정서적이다. 하지만 리카의 옆얼굴을 보면서 이 아이는 저녁놀이 잘 어울리는 사람이라고 생각했다. 저녁놀이란 대개 선량한 사람과 어울리는 법.

"저기, 히나코."

"왜?"

"넌 참 강한 아이야."

리카가 숙연하게 말했다.

"갑자기 무슨 소리야."

리카가 하고 싶은 말이 무언지는 나도 잘 알고 있었다. 매번 사랑이 끝날 때마다 이 세상이 끝난 것처럼 우는 리카와 같은 정열이 내게는 없다.

"멋지다는 생각에."

"뭐야, 대체."

리카가 우후후 하고 웃었다.

"히나코, 올 여름에도 집에 안 내려갈 거야?"

이번에도 널 안 데려가면 아줌마한테 야단맞을 거야, 라고 리카는 말했다.

"벌써 안 가 본 지 한참 됐지?"

"늘 전화 통화하는데 뭐. 괜찮아."

나는 방 안의 불을 켰다.

"저녁 먹고 갈 거지? 지금 뭐라도 좀 만들게."

"가여운 아줌마."

그러고 보니, 리카는 옛날부터 우리 엄마와 사이가 좋았다. 머리를 잘랐다든지, 새 옷을 선물 받았다든지, 무슨 일만 생겼다 하면 아줌마 아줌마 하면서 보이러 왔다.

"이번엔 얼마나 있다 올 건데?"

피망을 큼직큼직하게 썰면서 내가 물었다.

"낼모레부터 2주 동안."

"그래. 모두에게 안부 전해 줘."

"히나코."

"왜?"

양파는 넣지 말아 달라고 리카가 말했다.

"기각합니다!"

부엌에서 소리치자 리카가 다시 한번, 히나코, 하고 불렀다.

"히나코가 동거했던 일, 아줌마가 알면 난리 나겠지?"

오늘 저녁 탕수육은 죄 양파다.

리카에게 들을 것도 없이, 나도 냉정한 내 자신이 신기했다. 연인과 헤어졌는데도 나는 지난 한 달 동안 아주 잘 지냈다. 지금쯤 고스케 씨는 뭘 하고 있으려나, 하고 생각하는 일조차 즐거웠고, 마치 졸업 앨범을 바라보는 듯한 달콤한 안타까움에 젖어 반년 동안의 이런 저런 일들을 떠올렸다. 모든 것은 이대로 기억의 바닥에 가라앉아 순간 동결될 것이라고, 믿어 의심치 않았다.

계기는 레코드 가게였다. 무지막지하게 더운 어느 날, 나는 챙 넓은 밀짚모자를 푹 뒤집어쓰고 산책에 나섰다. 한여름 한낮의 주택가는 인적이 없어서 조용하다. 공기가 흔들려 보인다. 나는 시간이 멈춰 버린 듯한 주택가를 혼자 총총히 걸었다.

스페인 같다는 생각이 들었다. 스페인에선 누구나가 하루 한 번 낮잠을 잔다고 한다. 모든 이가 낮잠을 자고 있을 때의 스페인의 시골 마을은 틀림없이 이런 분위기겠지. 나는 가 본 적도 없는 스페인의 눈부시도록 맑고 건조한 풍경을 상상했다.

후유히코는 카운터를 지키고 있었다. 티셔츠에 청바지를 입고 그 위에 크림색 앞치마를 두르고서. 짧게 깎은 머리 모양은 여전했다.

"안녕."

카운터 앞에 서서 말하자, 후유히코는 무척 놀라는 기색이었다. 백 뮤직으로 타하라 토시히코의 노래가 흐르고 있었다.

"아. 안녕하세요."

"잘 지냈어요?"

토오루에게 여기서 일한다는 얘기를 들어서, 라고 변명처럼 말하고 새삼 가게 안을 둘러보았다. CD보다 LP판 위주의 디스플레이도 그렇고, 붙어 있는 포스터의 취향도 그렇고, 정말 촌스러운 느낌이 나는 가게였다.

"기시마 씨는 이 근처에 사세요?"

그렇게 묻고 나서 후유히코는 당황하며, 조금 난처한 듯이 덧붙였다.

"아, 저, 기시마 씨가 아니라."

난처해하는 듯한 후유히코의 표정을 보자, 이토록 티 없이 어린(?) 소년에게 마음 쓰게 한 것 같아 미안한 생각이 들었다.

"히나코."

왜 그런지 성씨는 말하고 싶지 않았다. 나는 그때도 히나코였고, 지금도 여전히 히나코이다.

"좀 쉬었다 오지 그래?"

콧수염을 기른 점장 같아 보이는 남자가 말했다.

역 앞 과일 가게 2층에 있는 커피숍에서 우리는 아이스커피를 마셨다. 테이블 옆에 모자를 내려놓자 후유히코가 한껏 진지한 얼굴로 말했다.

"히나코 씨는 여름인데도 피부가 참 희네요."

"카멜레온도 아니고, 피부색이야 뭐 그다지 달라지겠어."

대답은 그렇게 했지만, 후유히코의 말은 어쩐지 무척 신선하게 다가왔다. 나야 워낙 햇볕에 타는 걸 싫어해서 요즘 유행도 아닌 챙 넓은 모자까지 애용하고 있지만, 후유히코는 아마도 16년간 매년 여름이면 이렇듯 까맣게 그을려 있고, 여름이란 으레 이런 것이려니 믿고 있는 게 틀림없다. 그 얼마나 기분 좋은 믿음인지. 후유히코의 16년 인생은 나의 21년 인생과는 차원이 다르다.

"아르바이트 매일 해?"

"네, 정기 휴일인 화요일만 빼고."

8월은 야구부 훈련이 없어서 한가하고, 돈은 없는 것보다 있는 게 낫다고 후유히코는 말했다.

돈 따위 없는 게 낫다고 고스케 씨는 종종 말했다. 부인의 친정에서 받아 쓰는 상당한 액수의 '원조'를 빗댄 이야기일 테지만, 그 돈이 없다면 동인지 같은 상업지에 들쭉날쭉 시를 올릴까 말까 하는 고스케 씨가 방 세 개짜리 맨션에서 아쉬운 것 없이 생활할 순 없으리라.

"미야자와 겐지처럼 살고 싶어."

'모멘야'에서 술을 마시며 진심으로 그렇게 말한 고스케 씨의 옆얼굴을 나는 사랑스럽게 떠올린다. 하지만 고스케 씨는 미야자와 겐지가 아니다.

"덥네요."

후유히코가 말했다.

"그러게."

대답하고 나자 더 이상 다음 말이 이어지지 않는다. 요령 없기는 소년에게만 허락된 특권인 듯싶다. 고스케 씨도 열여섯 무렵,

분명 이런 느낌이었으리라.

  슬슬 가 봐야겠다고 후유히코가 말했다. 나는 계산서를 쥐고
일어나 짐짓 연상처럼 말했다.

  "아르바이트, 확실히 하네?"

  후유히코는 커피숍을 나와서도 여전히 재미있다는 듯이 키득
키득 웃었다. 400엔×2인분의 빚을 지고 말았다. 지갑을 두고 오
다니, 체면이 말이 아니다.

  "언제까지 웃을 건데."

  "아, 죄송해요."

  후유히코는 웃음을 멈췄으나 눈만은 여전히 웃고 있다. 늦은
오후의 상점가는 아직 덥고, 터벅터벅 걸어 돌아가는 나의 등 뒤
로 지켜봐 주는 듯한 후유히코의 시선을 느꼈다.

  그리고 그날 밤, 나는 아주 뜻밖의 내 자신을 발견했다.

  저녁을 먹고 난 후, 왜 그런지 복숭아 넥타 생각이 간절하여 샌
들을 꿰신고 근처 편의점에 갔다. 7월의 밤은 축축하니 서늘하
고, 얄팍한 달이 부드럽게 밤하늘을 식히고 있었다. 늑대 인간은
아니지만 나는 옛날부터 달빛을 받으면 기운이 난다. 마음이 고
요하고 맑아지는 것을 느낀다. 나는 심호흡을 한차례 했다. 공기

가 물기를 머금고 있어서 밤은 마치 바다의 바다 같았다.

첫 번째 모퉁이를 왼쪽으로 돌아 조금 걸으면 무논이 나온다. 나는 밤의 논을 바라보는 게 참 좋았다. 산뜻한 연둣빛 물결이 바람을 확실하게 시각화시킨다. 그야말로 숨이 멎을 듯한 아름다운 광경이다. 나는 멈춰 서서 두 손을 점퍼스커트 주머니에 찔러 넣은 채 한동안 그 광경에 취해 있었다.

강한 서풍이 훑고 지나가자 마치 거품이 일듯 벼이삭이 사락사락 흔들렸다.

"아."

나는 내 귀에도 들리지 않을 만큼 희미한 목소리로 외쳤다. 바람이 일순 내 속을 휩쓸고 가 버린 듯한, 온몸이 텅 비어 버린 듯한, 휑뎅그렁한 느낌이었다. 그리고 모든 것이 이 7월의 달밤 아래 확연히 드러나 있는 듯한 기분이었다. 그건 마치 내 영혼이 육체를 이탈하여 사락사락 거품이 이는 논 한복판에 떨어진 듯한, 그런 느낌이었다.

내 영혼은 젖은 이삭의 감촉도, 축축한 땅 냄새도, 또렷이 기억한다. 그것은 벌거숭이로 내던져진 영혼의, 속수무책으로 불안한, 끝끝내 불안한, 일순간의 야간 비행이었다.

텅 비어 버린 나는 아, 하고 소리친 후, 영혼이 되돌아올 때까지 바보처럼 멍하니 서 있었다. 울고 싶은 충동이 무섭도록 강하게 일었지만 실제로 울지는 않았다. 텅 빈 몸에는 눈물도 생겨나지 않는다.

고스케 씨가 보고 싶다.

오직 그 생각뿐이었다. 모든 것이 서서히 허물어지고 모양을 바꾸기 시작한다.

고스케 씨가 없는 나날이 시작되었다.

Ⅲ

"대낮부터 섹스를 해 버렸어."

토오루가 베개 밑에서 두 손을 깍지 끼고 천장을 노려보며 말했다.

"히나코 씨와의 섹스는, 늘 대낮이네."

듣기 안 좋다고 내가 말했다. 늘이래 봤자 이제 두 번째인 걸.

"두 번 섹스하고, 두 번 모두 대낮이었다면, 늘이라고 해야 하지 않나."

매미가 맴맴 운다.

"보리차 마실래?"

"마실래요."

나는 티셔츠를 입고 침대에서 내려왔다.

토오루의 가슴은 고스케 씨의 가슴과 전혀 다르다. 새까맣고 쇄골이 가늘며 얼굴을 묻으면 동물적인 냄새가 난다.

"질문."

보리차의 얼음을 달그락거리며 토오루가 말했다.

"이곳은 늘 깔끔하게 정돈돼 있는데, 그 사람이랑 살 때는 왜 그렇게 어질러져 있었어요?"

말마따나 그 집은 지저분했다. 식기며 신문이며 담뱃재 수북한 재떨이며, 온갖 것이 늘 여기저기에 나뒹굴었다.

"뒹굴거리다가도 손만 뻗으면 무엇이든 집을 수 있어서 편했으니까."

"그뿐이에요?"

"응, 그뿐."

고스케 씨는 방 청소를 일주일에 한 번 정도밖에 하지 않았다. 나는 6개월 동안 그 집에 살면서 단 한 번도 청소란 것을 해 본 일이 없다. 음식을 해 먹은 적도 없다. 우리는 매일 외식 아니면 배달 음식, 그것도 여의치 않으면 근처 빵집의 조리빵을 먹으며 지냈다.

"그래서, 하루 종일 침대에서 뭘 했는데요?"

토오루가 히죽 웃으며 물었다.

"그냥. 자다 깨다, 아이스크림도 먹고, 책도 보고, 텔레비전도 보고."

"흐음."

"눈부셔."

나는 창문의 블라인드를 내렸다. 슬슬 장을 봐야 할 시기다. 마가린도 다 먹어 가고 달걀도 떨어져 버렸다.

토오루가 라디오를 켰다. 트레이시 채프먼의 노래가 나온다.

"목소리 심하다. 거슬거슬하네."

그래미상을 탄 곡이라고 내가 말했다.

"무슨 곡인데요?"

"패스트 카Fast Car."

"흐음, 멜로디가 어쩐지 서글프다."

그렇게 말하고, 토오루는 뻣뻣한 청바지를 꿰입었다.

"여자애가 연인에게, 당신 차로 이 마을을 나가자고 하는 노래야. 다른 도시로 가서 함께 살아요, 하면서."

나라면 내 차로 어디든 갈 거야, 라고 했더니, 귀엽지 않다며 토오루는 피식 웃었다.

"그만 가야 해요. 아르바이트 때문에."

"저 앞까지 같이 가. 장 볼 게 있어."

블라인드 너머 햇살이 약하게 기울기 시작했다.

양념 두부를 해 먹으려고 연두부와 파, 차조기 잎을 샀다. 달걀과 마가린도 물론 샀고, 간 김에 식빵과 전갱이 회도 샀다. 파르께한 저녁이었다.

푸르키네 현상이 일어나면, 내 방은 물속 같아진다. 두 개의 창문 탓이지 싶다. 나는 사 온 찬거리를 냉장고에 넣고, 거실 소파에 드러누워 남향으로 난 창 너머 바깥을 바라보았다. 파르스름한 공기가 거짓말처럼 한낮의 열기를 식혀 간다. 나는 공기를 깊이깊이 들이마셨다.

내 눈높이는 그곳에서도 역시 위에 있었다. 창틀 위 주변. 고스케 씨 방의 커튼은 보랏빛 도는 회색이다. 나는 레이스 커튼만 드리워진 그 창문 주위를 둥둥 떠다니고 있었다. 고스케 씨가 웬일로 책상 앞에 앉아 있다. 고스케 씨의 옆얼굴. 그립고 사랑스러운 마음에 현기증이 났다. 그리스도를 바라보는 성모 마리아 같은 심정이랄까. 고요와 평안. 그곳에는 그저 푸른 공기와 편안한 정적만이 있을 뿐이었다.

둥실둥실 날아 고스케 씨에게 다가간다. 고스케 씨의 얼굴이 클로즈업된다. 기다란 속눈썹, 하얀 뺨. 고스케 씨의 머리를 끌어 안는 일도 없이, 눈꺼풀을 살짝 만져 보는 일도 없이, 나는 그저 무기질적으로 그곳에 둥둥 떠 있었다.

부엌에서 소리가 났다. 보나 마나 부인이 밥을 짓고 있는 거겠 지. 그러고 보니, 이 집도 깨끗하게 청소가 되어 있다. 희한하게 도 나는 무척 흡족한 기분이 들었다. 회색 커버가 씌워진 침대, 깨끗하게 비운 재떨이, 관엽 식물 화분, 고스케 씨, 그리고 부인. 있어야 할 것이 있어야 할 자리에 딱딱 놓여 있는 편안함. 푸른 공기가 솔솔 흘러넘친다. 고스케 씨의 얼굴을 코앞에서 바라보 며, 나는 이 사람의 머리카락 한 올 한 올까지 분명 사랑하고 있 다고 생각했다.

관리인 아주머니가 초인종을 눌러 내 의식이 소파 위로 되돌 아왔을 때, 창밖은 더 이상 푸르지 않았다.

"어머나, 하나코 양, 무슨 일 있어요? 불도 안 켜고."

온 이웃에 들릴 만치 커다란 목소리로 아주머니가 말했다. 이 분은 귀가 좀 어둡다.

"아뇨, 그냥 멍하니 있다 보니."

내가 애매하게 대답하자 아주머니가 랩이 씌워진 그릇을 들이밀었다.

"영양밥 좀 만들었거든."

이번엔 알아듣지 못할 만큼 작은 소리로 말한다. 아주머니의 목소리는 강약의 기복이 심하다. 주변에 들리면 곤란하단 생각에서였겠지만, 내가 큰 소리로,

"늘 고맙습니다."

라고 말하는 바람에 결국 이웃에까지 알려지고 만다.

나와 같은 또래의 딸도 있고 해서 이분은 나를 예뻐한다. 나도 장 보러 가는 김에 물건을 부탁받기도 하는데, 젊어 세상을 떠난 남편 이야기라든지 혼자 사는 딸 이야기라도 나올라치면 얼른 입을 다물어 버린다.

"맛있겠다. 당장 먹어야겠네요."

나는 말하고 고개를 숙였다.

그건 어느 날 밤 갑자기 나타났다. 아무런 전조도 없이.

나는 그날, 여느 때처럼 일찌감치 잠자리에 들었다. 이가 아파서였는데 목욕 후에 복용한 약이 효과가 있어 통증은 조금씩 가

라앉고 있었다. 이윽고 깜빡깜빡 졸기 시작했을 때, 스륵, 하는 차가운 소리가 났다. 스륵, 스륵, 스르륵. 소리는 서서히 가까워지고 있었다. 발치에서부터 귓전을 향해. 나는 몸을 뒤척였다.

스륵, 스르륵.

착각이 아니다. 소리는 분명 가까워지고 있었다. 스르륵, 스륵. 나도 모르게 눈이 번쩍 뜨였다. 숨을 죽이고 가만히 귀를 기울였다. 등에 무언가가 딱 들러붙어 있었다. 들러붙었다기보다 바싹 다가선 느낌. 얇은 마직 잠옷 너머로 차갑고 축축한 기운이 느껴졌다.

이미 치통 따위에 신경 쓸 때가 아니었다. 심장이 두근거리고 식은땀이 났다. 등 뒤의 그것은, 내 몸에 바싹 달라붙은 채 꼼짝하지 않는다. 나는 눈을 질끈 감고 용기를 내어 벌떡 일어났다.

그것은 희고 커다란 아름다운 뱀이었다. 그냥 큰 정도가 아니다. 내 몸과 맞먹을 정도의 크기였다. 요컨대, 몸길이가 160센티미터에 달하는 셈이다. 지름만 해도 15센티미터는 되지 싶다. 여하튼 거대한 뱀이다. 그 뱀이 내 침대의 옥색 시트 위에 기다랗게, 느긋하게, 누워 있었다.

진주처럼 하얀 뱀이다. 매끈매끈 희고, 번들번들 빛난다. 암컷임을 한눈에 알 수 있었다. 영리해 보이는 얼굴이다.

꿈이 틀림없다고 나는 생각했다. 꿈 치고는 너무나 생생했지만, 이런 말도 안 되는 일이 생시일 리 없다. 나는 다시 눈을 감고 조용히 누웠다. 꿈이 틀림없다. 꿈이 아니라면 약의 부작용이다. 치통에서 오는 환각 증상일지도 모른다. 심호흡을 하고 천천히 눈을 뜬다. 뱀은 여전히 그 자리에 있었다. 공포가 서서히 밀려온다. 나는 두 손을 움켜쥐었다.

스륵, 스르륵. 뱀은 무거워 보이는 몸을 천천히 움직여 내 위로 기어올랐다. 무겁긴 또 얼마나 무거운지. 숨이 막힌다. 배 위로 뱀의 허연 배를 차갑게 느끼면서 이대로 압사당할지도 모른다는 생각이 들었다. 금빛과 초록빛을 섞어 놓은 듯한 뱀의 눈이 어둠 속에서 가만히 나를 응시한다. 녹진녹진하니 깊고 빛나는 눈이었다.

한없이 긴 시간, 뱀은 내 위에 있었다. 묵직하게 누워 나를 노려보았다. 이윽고 스르륵 내려가는가 싶더니, 올라왔을 때와 마찬가지로 시트 위를 천천히 기어 멀어져 갔다. 스륵, 스르륵, 스르륵.

멀어져 가는 뱀의 뒷모습을 나는 혼란과 안도감 속에서 지켜보았다. 등이 축축하게 땀으로 젖어 있었다.

아침이 찾아왔지만 나는 여전히 기분이 좋지 않았다. 모든 것이 너무나 생생하다. 그 소리, 그 감촉. 뱀의 무게, 그리고 눈의 빛 깔. 꿈이 아니었다. 나는 어젯밤, 분명히 뱀에 깔려 죽을 뻔했다.

내가 후유히코를 만나러 간 건, 빚진 날로부터 열흘이나 지나 서였다.

"일부러 안 오셔도 되는데."

예매 특전 포스터를 말고 있던 후유히코가 웃으며 맞이한다. 역시 크림색 앞치마를 두르고 있다.

"그럴 순 없지. 빌린 건 빌린 거니까."

"히나코 씨, 고지식하시네요."

가슴이 덜컥했다. 이름을 기억해 준 것만으로 이렇게 당황하 다니 나도 꽤 순진하다.

"LP판이든 CD든, 뭐든지 20퍼센트 할인해 드릴게요."

후유히코가 조그맣게 말했다.

"야단맞는 거 아냐?"

나도 작은 소리로 되묻는다.

"저만 믿으세요."

쿵 하고 가슴을 치는 제스처를 해 보이며 (그래도 역시 작은 목소 리로), 그가 말했다.

어쩌나. 이러면 뭐라도 사야 하는데.

우선 팝송 코너로 가 보았지만, 비틀스니 롤링 스톤스니 죄 올드 팝뿐이고, 사고 싶은 음반은 한 장도 없었다.

사실, 빚진 돈이야 아무래도 상관없다는 것을, 나도 잘 안다. 다만, 후유히코의 얼굴이 아주 조금 보고 싶어졌을 뿐이다. 짧은 머리에 어린애처럼 웃는 후유히코의 얼굴이.

결국, 내가 카운터로 들고 간 것은 마츠모토 준의 CD였다. 후유히코는 약속대로 20퍼센트 할인해 주었을 뿐 아니라 예매 특전 포스터까지 주었다.

"고맙습니다—."

후유히코가 명랑한 목소리로 말했다.

레코드 가게를 나와 마츠모토 준의 포스터를 손에 들고 걷자니 어쩐지 기분이 무척 좋았다. 기분 탓인지 발걸음마저 가볍다. 그래. 일단 집으로 돌아가서 옷부터 갈아입고, 제대로 화장도 하고 영화라도 보러 가자. 나는 그렇게 마음먹고 조금 흥분했다. 아닌 말로 이번 여름엔 나의 행동 범위가 좁아도 너무 좁다. 한창 돌아다녀도 모자랄 나이의 여대생이라고는 도저히 생각할 수 없다. 그렇게 좋아하던 영화조차 이번 여름엔 까맣게 잊고 살았다.

고스케 씨와 나는 영화 취향이 무척 비슷했다. 공포 영화라면 질색하는 점도, 액션 영화를 좋아한다는 점도. 에릭 로메르의 영화라든지 안드레이 타르코프스키의 영화도 훌륭한 안줏거리였지만, 실은 둘 다 일종의 조폭 영화에 열광하는 타입이었다.

전철은 한산했고, 나는 적갈색 의자에 앉았다. 밖은 아주 화창하고 전철 안도 밝아서 기분이 좋다. 나는 대낮의 전철을 좋아한다. 승객은 대개 아주머니나 아이들로, 아침저녁 출퇴근 때와는 차원이 다르다. 소리까지 다르다. 대낮의 전철은 어김없이 가탕가탕 하는 정겨운 소리를 내며 달린다. 반면에 출퇴근 시간의 전철은 소리도 없이 휘잉 달리는 듯한 느낌이 든다. 대낮에 전철을 타면 일상이 즐거워진다. 우연히 같은 차량에 탄 사람들이 왜 그런지 사랑스럽다.

그런데. 이날은 내 눈앞에 샐러리맨풍의 남자가 서 있었다. 이런 시간에 왜? 하는 생각이 들었으나, 서 있는 걸 어쩌랴. 내 안에 증오가 솟는다. 통근 전철에 타야 할 인간. 대체 왜 이 사람은 자리에 앉질 않는지. 맞은편에 빈자리도 많은데. 나는 조바심을 내고 만다. 더구나 공교롭게도 그 사람은 결혼반지를 끼고 있었다.

나는 암담해지고 말았다. 조금 전까지의 밝은 기분은 진즉 저만치 날아가 버렸다. 나는 결혼반지라는 것을 싫어한다. 이 사람은 내 남편이니까 손대지 말아요, 하는 부인의 목소리가 들려오는 것만 같고, 그걸 또 넉살 좋게 끼고 사회를 활보하는 남자들도 싫고, 정말이지 넌더리가 난다.

고스케 씨는 결혼반지를 끼지 않았다. 그래서 내심 고스케 씨도 결혼반지를 싫어하는 줄로만 알았는데.

"그렇지 않아."

어느 날 그가 말했다.

"끼고 싶어도 못 껴."

역시 오늘처럼 대낮에 전철을 탔다가 지금처럼 결혼반지를 끼고 있는 샐러리맨풍의 남자를 발견하고 마침 반지에 대해 이야기를 나누던 중이었다.

"왜 그런 게 하고 싶은데? 그딴 거, 개 목걸이나 다를 바 없잖아."

고스케 씨가 반지를 싫어한 게 아니었다는 사실에 왜 그런지 화가 나서 뾰족하게 말했다.

고스케 씨는 무척 슬픈 듯, 몹시 화가 난 듯 복잡한 표정을 지었다.

"히나코는 이해 못할지도 몰라."

다른 어떤 말보다 내게 상처가 되는 대답이었다.

"그렇게 좋으면, 끼고 다니면 되잖아."

고스케 씨는 난감한 듯한 얼굴을 했다.

"그럴 자격이 안 되니까."

아직 추운 계절이었다. 1월이었던가, 2월이었던가.

어째서 떠올리고 싶지도 않은 이런 일을 이토록 또렷이 기억하고 있는지. 아아, 싫다. 기억 따위, 언제나 슬프고, 변변한 게 없다.

영화는 지독하게 재미없었다. 꼬박 30분은 잠이 올 만큼 따분했다. '충격의 화제작'이라는 선전 문구에 끌려 보러 들어갔는데, 결국 바브라 스트라이샌드의 히스테리만 지겹도록 보아야 했다.

하얀 스크린에 캐스트 자막이 흐른다. 여기저기서 덜커덩덜커덩 의자 접히는 소리가 났다.

정신을 차려 보니, 나도 모르게 의자의 왼쪽 팔걸이를 물끄러미 보고 있었다. 고스케 씨의 오른손이 항상 놓여 있던 자리. 손톱 모양도, 손가락의 느낌도, 파란 잉크 자국이 흐릿하게 밴 가운뎃손가락도, 나는 또렷이 기억한다. 내 뺨을 어루만질 때의 손바닥까지 생생하게 떠올릴 수 있다.

빈 종이컵을 들고 복도로 나온다. 붉은 융단이 깔린 복도의 소란을 뚫고 밖으로 나오자, 뜨뜻미지근한 바람이 베이지색 하늘에 맺혀 있었다. 비 냄새가 난다. 5분 이내에 소낙비가 내리겠구나, 하는 생각이 들었다.

IV

물론, 날마다 고스케 씨 생각만 하면서 지내는 건 아니다. 나는 토오루라는 귀여운 보이프렌드가 맘에 들었고, 고스케 씨 생각은 어찌어찌하다가 문득 떠올리는 데 불과하다.

그러나 한편으론, 전화벨이 울릴 때마다 흠칫 놀라는 내 자신에게 짜증이 났고, '어찌어찌하다가 문득' 고스케 씨를 떠올리는 횟수도 요즘 들어 부쩍 늘었다. 그럴 때면 어김없이 텅 비어 가는 내 자신을 느낀다. 아주 짧은 순간이지만, 마음 밑바닥에 블랙홀이 생겨 버린다. 나는 그 기분 나쁜 구멍을 차마 바로 보지 못하고, 오싹하리만치 쓸쓸해지고 만다.

그건 그렇고 올여름은 너무 덥다. 그리고 나는 도무지 이번 여름에 적응하질 못하고 있다. 밤에는 그래도 낫다. 무논에서 끊임없이 울어 대는 청개구리 울음소리가 공기를 식혀 준다. 낮에 매미가 맴맴 울어, 그렇지 않아도 더운 공기를 더 덥게 만드는 것처럼.

그러다 보니 어쩔 수 없이 밤에 활동하게끔 생체 리듬이 바뀌어 버렸다. 저녁 식사를 마칠 무렵에서야 간신히 머리가 돌아가기 시작한다. 그렇다고 딱히 뭘 하는 것도 아니지만, 비디오를 보거나 졸업 논문 자료를 슬렁슬렁 읽는가 하면, 잡지에 소개된 과자도 직접 구워 보고 베란다에 나가 별도 바라보면서 새벽 서너 시까지 시간을 보낸다.

대학 4학년 여름 방학이면, 보통 취업 활동에 나설 시기다. 수수한 옷차림, 단정하고 청결한 머리, 투명하거나 연분홍빛이 도는 매니큐어, 비닐에 든 큼직한 서류 봉투. 그러나 나나 리카는 그런 것과는 거리가 멀다. 리카는 졸업하면 와카야마로 돌아가선 봐서 결혼할 거라고, 대학 1학년 때부터 작정한 참이다. 나는 숙부가 하는 법률 사무소 일을 돕기로 했다. 우리의 여름 방학은 무척 홀가분했다.

"이제 떳떳하게 포르노 영화 봐도 되겠네?"

내가 말했다. 토오루의 생일날.

"기분 좋다―."

석 잔째 생맥주를 손에 든 토오루가 눈을 가늘게 뜨고서 밤하늘을 올려다보며 음정도 안 맞는 콧노래를 불렀다.

"별이 내리는 밤에ー은, 당신과 둘이서어ー."

비어 가든의 아름답게 늘어선 붉은 초롱을 바라보면서, 어릴 적엔 이런 백화점 옥상에서 자주 놀았는데, 하는 생각을 했다. 10엔을 넣으면 움직이는 탈 것이 있었고, 한쪽에선 원숭이며 구관조 따위를 팔았다. 엄마와 백화점 나들이를 하는 게 나는 너무 너무 좋았다.

"히나코 씨."

"응?"

"그때, 왜 나를 파티에 불렀어요?"

"그때?"

나는 누에콩을 한 입 넣고 물었다.

"히나코 씨가, 신문 배달하던 내게 키스했을 때."

"아아, 그때."

배달이며 수금 때 보는 널, 나도 고스케 씨도 무척 맘에 들어 했었으니까, 라고 대답했다. 그리고 그건 거짓말이 아니었다. 우리는 둘 다 토오루의 불량기 있어 보이는 모습이 아주 맘에 들었다.

세상에는 세 종류의 인간이 있다고 생각한다. 선량한 인간과 불량한 인간, 그리고 이도 저도 아닌 인간. 이도 저도 아닌 인간은 미치도록 선량을 동경하면서 속수무책으로 불량에 이끌리고, 그리하여 결국, 선량과 불량 어느 쪽에도 속하지 못한 채 평생 선량을 동경하고 불량에 이끌리면서 살아간다.

자신의 어디가 맘에 들었냐고 토오루가 물었다. 토오루는 누에콩을 무척 능숙하게 까먹는다.

"신문 배달 소년 주제에 사근사근하지 못한 점."

누에콩 껍질을 추잉 껌처럼 씹으며 내가 말했다.

"'괜찮습니다'라든지, '감사합니다'라는 말을 하는 법이 없다는 점."

가끔 악취미적인 금목걸이를 하고 다닌다는 점. 손톱에 잉크 때가 묻지 않은 점.

흐음, 하고 토오루는 반응했다. 하지만 중요한 건 그런 게 아니었다. 토오루가 신문 배달을 시작한 때가 고스케 씨와 내가 함께 살고 나서부터였다는 것, 우리가 함께한 반년 동안의 유일한 증인이었다는 것이다.

"오늘 밤은 자러 가도 되죠?"

토오루가 느닷없이 물었다.

"어리디 어린 고교생을 이런 데 버려두고 돌아가진 않겠죠?"

"어리디 어린 고교생을 한 침대에 재우는 것보다야 죄가 가볍겠지."

"열여덟 살이에요."

큰 소리로 토오루가 말한다.

"열여덟이란, 술 담배는 아직 안 되지만, 섹스만은 해도 된다고 국가가 인정한 나이라고요."

섹스만은 해도 된다고?! 나는 웃었다. 토오루는 선량하다.

"어쩔 수 없네. 오늘 밤은 국가의 이름하에 같이 잘까?"

"앗싸!"

토오루가 말하고, 건전한 웃음을 싱긋 지어 보였다.

녹차며 건어물이며, 타파 그릇에 꾹꾹 눌러 담은 찜닭에 가지 찜에, 선물 꾸러미를 잔뜩 안고 리카가 돌아온 것은, 내가 운전면 허를 딴 바로 그날이었다.

아침 일찍 일어나 전철과 버스를 갈아타고 면허 시험장으로 가서, 시력 검사 후에 필기시험을 치렀다. 합격 여부가 가려질 때 까지 40분을 기다린 후, 사진을 찍고 다시 한 시간을 더 기다렸 다가 마침내 면허증을 받아 쥐었다.

문 앞에 서 있던 리카가 왜 이렇게 늦었느냐며 볼멘 얼굴을 했다.

"갑자기 오니까 그렇지."

열쇠를 돌리며 내가 말하자, 리카는 도무지 납득이 가지 않는 다는 얼굴을 했다.

"2주 후에 돌아온다고 했잖아."

리카는 아저씨랑 아줌마도 잘 계시더란 말에 이어, 개가 새끼 를 낳았다느니, 고등학교 선배가 결혼했다느니, 역 앞 라면 가게가 망했다느니, 하나둘 보고하기 시작했다.

나는 현미차를 달이면서 '헤에?'라든지 '그래?' 하면서 고개를 끄덕였다. 리카는 어쩐지 기운이 없어 보였다.

"먹으면서 얘기해."

나는 타파 뚜껑을 열어 테이블에 놓고 뜨거운 차를 한 모금 마셨다.

"히로코, 10월에 아기 낳는대. 배가 엄청 불렀더라. 벌써 아기 이름까지 지어 놓았대."

리카는 거기서 이야기를 멈췄다.

"저기, 히나코. 나도 이쪽에서 취직할까?"

나는 깜짝 놀랐다.

"이제 와서 무슨 취직이야."

벌써 여름 방학도 다 지나고 이제부터 준비하자면 보통 일이 아니다.

"시골은 너무 갑갑해. 불과 2주 만에, 너나없이 온 동네일을 다 알게 돼. 누구네 할머니가 입원했다느니, 어느 집 부부가 이혼했다느니."

아직 태어나지도 않은 히로코의 애 이름까지 자신이 알 정도라며, 리카는 슬픈 듯이 웃었다.

"그 맘은 알겠는데."

알지만 리카 입에서 그런 말이 나오는 건 섭섭했다. 리카는 이제까지의 리카 모습 그대로 갑갑함을 사랑했으면 싶었다. 그리고 이런 나의 오만한 생각을 내 스스로도 주체하기 힘들었다.

"밥 먹으러 안 갈래?"

나는 밝은 어조로 권해 보았다.

리카를 문밖에 세워 두고, 관리인 아주머니 댁에 들렀다.

"별것 아니지만, 시골에 계신 어머니가 싸 보내셨기에."

크게 소리 내어 말하고, 아주머니 손에 차와 찜닭을 안겼다.

"아이고 이런, 미안스러워라."

한층 큰 목소리로 아주머니가 말한다.

"잠깐 들어와요."

막 외출하려는 참이라며 사양하자 아주머니는 몹시 낙담한 얼굴을 했다. 어쩐지 딱한 마음이 들어,

"그럼, 들어오는 길에 들를까요?"

라고 했더니 (실은, 말한 순간 후회했지만), 아주머니는 기쁘게 웃으며 말했다.

"어쩜 이리 마음씨가 곱누. 히나코 양 같은 딸을 두셔서 어머니는 참 행복하시겠네."

리카는 전신주에 기대 서 있었다.

"모기 물렸어."

입술을 삐문 리카를 보며, 우리 엄마도 조금 전의 아주머니와 같은 마음이겠거니 생각했다. 히나코도 리카처럼 싹싹하면 얼마나 좋을까ㅡ.

공기는 밤의 시작을 알리듯 거무스름한 빛을 띠고 있었다.

"미안, 미안, 뭐 먹을까?"

나는 슬픈 듯 우스운 듯 묘한 기분에 젖어 말했다.

고스케 씨 꿈을 꿨다. 꿈속에서 우리는 마주 앉아 있었다. 딱히 무슨 이야기를 나누는 것도 아니었지만, 둘 다 무척 기분 좋게 앉아 있었다. 잠에서 깨어나 생각했다.

이번엔 고스케 씨 차례예요.

"오늘, 히나코 꿈을 꿨어."

언젠가 고스케 씨가 그렇게 말한 적이 있다.

"꿈속에서 히나코를 안았어."

라고.

난 꿈이 현실이 되어도 재미있으려나 생각했다. 그리고 그게 우리의 첫날밤이었다.

이번엔 고스케 씨 차례예요.

나는 시트를 뒤집어쓴 채 말했다. 그렇게 말한 순간, 눈물이 뚝뚝 떨어졌다.

COME HERE. AND MAKE IT REAL.(내게로 와요. 그리고 현실로 만들어요.)

이게 다 수면 부족 때문이라고, 양치질을 하면서 생각했다. 피곤해서 그런 꿈을 꾼 거다. 피곤해서 눈물이 났던 거야.

수면 부족의 원인은 알고 있다. 그날 이후 가끔 찾아오는 흰 뱀이다. 뱀은 내 몸을 휘감아 천천히 조여 올린다. 덕분에 나는 사이드 테이블에 타월을 놓아두고 자는 버릇이 생겼다. 뱀이 사라진 후의, 깊은 공포와 영문 모를 슬픔을 살며시 닦아 버리기 위해.

"어쩐지 수척해 보이는데?"

데리러 와 준 토오루가 말했다. 우리는 오늘 렌터카로 드라이브를 할 예정이다.

"여름 타나 봐."

내 말에 토오루는 심각하게 걱정하는 기색이었다.

"그럼, 점심은 장어로 해요."

나는 토오루의 이런 논리성을 좋아하는 것 같다.

오토바이 뒤에 앉아 토오루의 등에 매달린다. 레코드 가게를 하는 사촌 형한테서 물려받았다는 검정 헬멧은 이미 내 머리에 길이 들었다. 커브를 돌 때 몸을 기울이는 법도 조금씩 숙달되어 가고 있는 느낌이다. 그렇게 토오루의 걸프렌드로서 서서히 완성되어 가는 내 자신을 보는 건 기쁜 일이었다.

땡땡땡 울리는 차단기 소리를 들을 때면 어쩐지 머리가 나빠질 것 같다. 바보처럼 텅 빈, 아무것도 없는 소리. 나는 좀체 열리지 않는 건널목을 저주하고 싶어졌다. 오토바이란, 멈춰 있으면 덥고 시끄럽고 진동이 심해 앉아 있기가 너무 불편하다.

눈앞에 젊은 여자가 서 있었다. 딱히 장바구니를 들고 있는 것도 앞치마를 두른 것도 아니었지만, 뒷모습만 봐도 주부임을 알 수 있었다. 나는 혹시나 하는 마음에 여자의 왼손을 봤다. 아니나 다를까, 약지에 떡하니 '그게' 끼워져 있었다. 주부에겐 주부의 아우라가 느껴진다. 반찬 냄새랄지 생활의 느낌 같은 게 아니라, 좀 더 색정적이고 좀 더 요염한 무언가. 눈앞의 여자를 빗대어 말하자면, 틀어 올린 머리 아래로 드러난 목덜미라든지, 대충 샌들을 꿰신은 발치라든지.

건널목이 열리고, 오토바이는 낮게 신음하며 그 여자 곁을 천천히 지나쳤다. 선로에 해가 반사되어 눈부시다.

그 순간, 나는 내 머릿속이 어떤 감정으로 가득 차 있음을 깨달았다. 불투명하고 뭔가 찝찝한, 그러면서 고집스럽기 그지없는 감정. '질투'라고 생각했다. 나는 조금 전의 그 여자에게 질투를 느꼈다. 그 여자의 목덜미에, 그리고 발치에.

나는 오토바이를 멈춰 달라고 했다.

"왜 그래요?"

헬멧을 벗고 토오루가 묻는다.

"기분이 안 좋아요?"

피곤해서, 라고 나는 정직하게 말했다.

"미안해. 오늘은 드라이브 못 가겠어."

벗은 헬멧을 토오루의 가슴에 떠안기고, 가장 가까운 커피숍으로 뛰어들었다. 빵집이 있는 건물의 2층이라서 좋은 냄새가 감돈다. 바나나 주스를 주문하고 안도의 한숨을 내쉬었다. 드디어 하얀 뱀의 정체를 알게 된 것이다. 녹진녹진하니 깊은 눈을 하고 나를 옥죄는 아름다운 뱀.

그때까지만 해도 질투란 상대를 옭아매는 것이려니 생각했다. 엄청난 착각이었다. 질투에 얽매여 옴짝달싹 못하는 건 다름 아닌 내 자신이다.

"버려두고 갈 심산은 아니겠죠."

헬멧 두 개를 손에 든 토오루가 정말 화난 얼굴로 서 있었다.

"미안."

부루퉁한 얼굴 그대로 일부러 털썩 소리를 내며 앉는 토오루
가 어쩐지 무척 귀여워 보였다.

"화났어?"

"화났어요."

나는 다시 한번 사과했다.

창밖에 조금 전의 건널목이 보인다. 사람이며 자동차가 줄지
어 건너간다. 고스케 씨 부인도 저런 뒷모습을 하고 장을 보러 다
닐까.

웨이트리스가 내온, 달고 차갑고 영양가까지 있어 보이는 바
나나 주스는 텅 빈 위에 맛있게 스며들었다. 어쨌든 부랴부랴 쫓
아와 주는 사람이 있어 다행이란 생각을 했다.

그날, 나와 토오루는 집으로 돌아와 여느 때와 다름없이 '대낮
의 섹스'를 했다. 나는 내리쬐는 햇볕 속에서 치르는 섹스를 좋
아한다. 뭔가 뒤죽박죽인 듯한, 떳떳치 못한 듯한, 텅 빈 듯한 느
낌이 들어 기분이 좋다.

고스케 씨와 살던 때도 날씨가 좋은 오후에는 늘 섹스를 했다.
고스케 씨의 몸에선 마른풀 냄새가 났다.

"이제 낮 시간에 익숙해진 거야?"

동물적인 냄새가 나는, 땀이 밴 가슴에 기대어 물었다. 응, 하고 말하며 맑게 미소 짓는 토오루를 뭉그러뜨리고 싶었다.

"이거, 누구 같아요?"

토오루가 말하고 엄지로 자신의 입술을 쓸어 보였다.

"응?"

"네 멋대로 해라."

"뭐?"

"영화 '네 멋대로 해라'요, 장 폴 벨몽도 주연의. 본 적 없어요?"

쿵 하고 침대에서 내려선 토오루가 벌거벗은 채 비틀비틀 두세 걸음 걷다 흐물흐물 무너져 내리듯 맥없이 쓰러졌다. '장 폴 벨몽도가 죽는 장면'이라며, 토오루는 그것을 '백 번쯤 연습'했단다. 계속해서 '장 폴 벨몽도의 지폐 세는 법', '장 폴 벨몽도의 커피 마시는 법'을 거듭 실연해 보인 끝에, 역시 실물을 봐야 한다며 비디오테이프까지 빌려 오고 말았다.

코카콜라를 마시면서 우리는 영화를 봤다. 물론 영화도 나쁘진 않았지만, 내 생각엔 오히려 장 폴 벨몽도가 좀 전의 토오루를 닮은 것 같아 난감했다.

"아—, 재밌었다."

토오루는 말하고, 동의를 구하는 듯이 내 얼굴을 봤다.

"정말 재밌네."

내 말에 그는 만족스럽게 웃고, 배가 고프다고 했다.

"뭐 먹고 싶어?"

"차가운 중국요리."

어느새 방 안이 물속 같아져 있었다.

"이거, 뭐라는지 알아?"

의자를 창가로 끌어가면서 내가 묻자, 토오루는 어리둥절하여
되물었다.

"이거라니?"

"창밖."

나는 등받이를 빙글 돌려 말 타듯 의자를 타고 앉았다.

"창밖?"

토오루가 뒤에서 날 끌어안듯이 의자를 타고 앉는다.

"푸르키네 현상이라는 거래."

이러면 위험한데, 하며 나는 창밖으로 손을 내밀었다. 손이 유
난히 하얗게 보이고 어쩐지 다른 차원의 물체 같았다.

아.

토오루가 내 목에 입술을 묻었다. 뜨거운 숨. 나는 순간 정신이

아득해진다.

고스케 씨가 뒤에서 부인을 끌어안으며 목덜미에 키스하고 있었다. 두 사람이 서 있는 부엌의 빨간 주전자, 도마 위에 얹힌 닭고기. 고스케 씨의 몸에 가려 잘 보이지 않았지만, 부인은 아이처럼 날씬하고 연약한 몸매를 가진 사람이었다. 가스레인지대 너머의 창문, 창가에 놓인 컵, 파르께한 공기.

목덜미가 뜨겁게 느껴졌다.

"유체 이탈?"

차가운 중화요리를 먹으면서 토오루가 되물었다.

"그래. 영혼이 육체를 빠져나가 어딘가 다른 장소를 떠도는 거 말야. 그런 일이, 있을 것 같아?"

토오루는 잠시 생각하고 나서,

"있을 것 같아요."

라고 말했다.

"그런 일이 있다 해도 이상하진 않을 것 같아요."

나는 어쩐지 토오루가 부정해 주는 편이 나았겠다 싶은 기분이 들었다.

차가운 중화요리를 다 먹고 났을 즈음 리카가 놀러 왔다.

"불꽃놀이하려고."

커다란 종이 백을 내밀며 그녀가 말했다.

"벌써 여름도 끝나가잖아."

리카의 낯가림이 이만저만 심한 게 아니어서 내심 걱정이 컸
는데, 토오루와는 웬일로 금세 마음을 텄다.

"고등학생이라니, 믿어지지 않아."

홍차에 설탕을 넣고 젓는 내내 리카가 그 말을 몇 번이나 했는
지 모른다.

우리는 날이 어두워지길 기다렸다가 밖으로 나갔다. 가로등이
방해되니 아예 돌을 던져 깨뜨려 버릴까, 하고 토오루가 말했을
때 나는 내심 좋은 생각이라고 여겼다. 그러나 리카가 정색을 하
고 말리기에 결국 그만두기로 했다. 아파트 옆 골목에 쭈그리고
앉았다. 아스팔트 표면을 이렇게 말끄러미 바라보는 것도 오랜
만이었다.

"게다(왜나막신)가 아니면 기분이 안 사는데."

운동화 코끝으로 지면을 톡톡 차면서 토오루가 말했다. 양초
를 세운 컵을 들고 있다.

"자, 물."

리카가 양동이를 들고 왔다.

"아무 일 안 하고 노는 사람은 히나코 씨뿐이네요."

토오루가 말한다.

"그럼, 불은 내가 붙일게."

곁에 있던 줄무늬 모양 폭죽의 종이 부분에 불을 붙이자, 슉 하는 소리가 나면서 파르께한 연기가 났다. 슈르슈르 소리를 내며 하얀 불꽃이 비처럼 흘러 떨어진다. 이 냄새, 이 소리. 어질어질하다. 향수를 불러일으킨다고 토오루가 말했다.

"일반 폭죽이 오리지널 선향불꽃(짧고 얇은 막대 끝에 화약을 묻힌 것_옮긴이)보다 오래가네."

파파파팟 터지는 오렌지색 불꽃을 바라보면서 리카가 말한다. 일반 폭죽의 그 안도감이 좋다.

나는 내 폭죽을 빙글빙글 휘둘러 보았다. 빙빙 둥글게 잔광이 꼬리를 물고 밤에 녹아든다. 옛날, 이런 식으로 불꽃을 휘두를 때면 리카는 연신 겁을 내며 꺅꺅거렸다.

아줌마, 리에가, 리에가―. 울상이 되어 달아나는 리카의 뒷모습이 지금도 눈에 선하다.

쥐 불꽃의 프로라고 호언장담했다시피 토오루의 쥐 불꽃은 활발하게 움직였다(다 태운 폭죽을 주워 양동이에 넣는 토오루의 표정이 재미있어, 나와 리카는 그때마다 웃었다).

폭죽은 잔뜩 있고, 밤은 끝없이 길었다. 나는 이렇듯 셋이서 불꽃놀이를 하는 빛나는 여름밤이 더없이 소중하게 느껴졌다. 방해물로 여겼던 가로등의 휘황함도, 그 주변에 있는 미세한 벌레조차도 너무나 소중하게 다가왔다.

V

예를 들면, 바다에서 물놀이를 하고 돌아온 날 밤, 잠자리에 들어도 여전히 몸이 파도에 일렁이는 듯한 느낌. 한낮의 해변에 드러누워 눈을 감아도 태양이 보이는 것 같은 느낌. 그런 식으로 고스케 씨는 늘 내 안에 있었다. 슬프다느니 외롭다느니, 그런 게 아니라 좀 더 힘이 드는 무언가로. 실제로 어딜 가든 고스케 씨를 끌고 다니기 때문에, 일상생활을 하는 데 엄청난 체력이 소모된다.

밤에는 밤대로 뱀에 시달리고, 아침에는 아침대로 어지럽고 탁한 잠에서 좀처럼 벗어나질 못한다. 나는 매일 아침 거울을 볼 때마다 흠칫 놀란다. 뺨이 홀쭉해지고 눈이 퀭한 것이 환자가 따로 없다. 그런 데다 걸핏하면 토오루가 보고 싶어 미칠 지경이 되고, 그런 주제에 막상 만나면 숨 쉬기가 힘들 만큼 슬퍼졌다.

밤이 되어 내리기 시작한 비가 촉촉이 지붕을 적시고, 나는 도무지 잠을 이룰 수 없었다. 특히 비 오는 밤에는 오감이 이상하리만치 예민해져서 아득히 멀리 있는 고스케 씨의 자는 숨소리까지 들려오는 것 같았다. 나는 침대 끝에 걸터앉았다. 바닥에 닿은 맨발 끝은 얼어붙을 듯이 차갑고, 촉각도 후각도 예민해질 대로 예민해져서 1킬로미터 밖 나뭇잎 소리에도 소름이 돋을 지경이다. 나는 숨을 죽인 채 신경을 곤두세우고 온몸으로 고스케 씨를 느끼려 했다. 마치 차가운 밤바람에 떠는 포도 열매가 된 듯한 심정이었다. 머릿속에 폭풍우 치는 밤의 포도밭이 펼쳐진다.

어쩜 이리 슬플까.

"아아—."

일부러 털썩 소리를 내며 침대에 쓰러진다.

"아아—."

나는 다시 한번 말했다. 파르께한 포도는 시트 안에서 이리 뒤척 저리 뒤척 잠 못 이루는 가운데 남자를 그리워하고 있음을 확연히 느끼고 있었다. 텅 빈 마음으로 마치 남의 일인 양. 왜 헤어져 버렸을까.

나는 토오루에게 전화를 걸었다.

"무슨 일 있어요?"

졸린 목소리로 토오루가 말한다. 딱히 마땅한 말이 떠오르지 않았다.

"히나코 씨?"

할 말을 찾지 못해 나는 잠자코 빗소리를 듣고 있었다.

"지금 갈까요?"

토오루의 말에 나는 '아니'라고 대답했다. 아니, 괜찮아, 아무 일도 아냐.

잘 자라는 인사와 함께 전화를 끊고 나자 점점 더 슬퍼졌다. 30분이 지나면 토오루가 와 주리란 것은 알고 있었다. 빗속을 오토바이로 달려와 주리란 것을. 그리고 틀림없이 밤새도록 내 곁에 있어 주리란 것을.

밤은 윤기 있게 깊이를 더하고, 날마다 나를 괴롭혔다. 몽유병의 일종일지도 모른다. 혹은 노이로제라는 녀석일지도. 여하튼 꿈이 생생하다. 너무 생생하다 보니 꿈속에서 에너지를 너무 써서 눈을 뜨면 진이 다 빠져 있다.

이도 저도 다 기분 나쁜 꿈이다. 어제만 해도, 꿈속에서 나는 전기스탠드가 되어 있었다. 고스케 씨의 침대 옆에 놓인 자그마한 스탠드이다. 평온하게 잠든 고스케 씨의 얼굴을 비추면서, 나는 안타까운 나머지 눈물을 글썽이고 말았다. 그런데 문득 옆을 보니, 옆 침대에 낯선 여인이 등을 돌린 채 자고 있었다. 짧은 머리와 가녀린 목덜미.

작은 날벌레가 전구에 머물렀다. 성가시다고 여기면서도 나는 내 몸에 붙은 벌레 하나도 쫓을 수가 없다. 점점 뜨거워진다. 나의 열기에 내가 타들어 가고 있는 것이다. 나는 스탠드인 내 자신을 저주하면서, 괴로움을 곱씹으면서, 침대 옆에 서 있었다.

나는 천장이 되고 침대가 되고 빈 캔 맥주가 되어 밤마다 고스케 씨의 방을 찾았다. 고스케 씨는 조용히 잠들어 있는가 하면, 독서 중일 때도 있었다. 코를 고는가 하면 부인을 안고 있을 때도 있었다.

살짝 옆으로 들어가 눕는 것도 아니고, 어깨에 시트를 끌어다 덮어 주는 것도 아니고, 나는 그저 천장이 되고 침대가 되고 빈 캔이 되어 그곳에 존재했다.

무기질처럼 그곳에 서서, 무기질적으로 시종일관 응시하는 저주받은 영혼.

꿈이 아닐지도 모른다.

그런 무서운 생각에 나는 현기증마저 느꼈다. 마음속으로, 설마, 하고 백 번쯤 되뇌어 보았다. 물론 효과는 없다. 꿈이 아니라 현실이다. 내 영혼이 육체를 빠져나가 어둠 속을 떠돌다 고스케 씨의 침실로 숨어드는 것이다. 꿈이 아니다. 그건 현실이다.

이대로 가다간 미쳐 버릴지도 몰라.

어느 날 아침 눈을 떠 기진맥진한 가운데 생각했다. 축 늘어진 몸을 일으켜 침대에서 내려가 옷을 갈아입고 이를 닦고 세수하는, 그마저도 귀찮았다.

나는 역 앞 레코드 가게로 후유히코를 찾아갔다.

"우와, 히나코 씨, 왜 이렇게 말랐어요?"

후유히코가 놀란 기색으로 말했다.

"아직 점심 전이지?"

내가 말했다.

"같이 먹자."

과일 가게 2층의 커피숍에서 나는 야채 샌드위치를, 후유히코는 스파게티를 각각 주문했다.

"히나코 씨, 어쩐지 오늘따라 박력 있어 보이는데요."

물수건 비닐을 퍽 찢으며 후유히코가 말했다.

"광인의 박력이야."

내가 말했지만, 쓸 만한 농담은 아니었다. 진실미가 넘쳐 아무도 웃지 않는다.

"느닷없지만."

나는 물을 한 모금 마시고 각오를 다진 후 이렇게 입을 뗐다.

"봐 줬으면 하는 사람이 있어."

"봐 줬으면 하는······?"

후유히코가 난감한 듯이 우물거렸다.

"어떤 사람인지 알고 싶을 뿐이야."

기시마 씨의 아내인데, 라고 말하자 후유히코의 눈이 휘둥그레졌다.

"형한테 부탁하면 재깍일 텐데. 아직까지 신문 배달을 하고 있으니까."

"토오루한테는 말하고 싶지 않아."

"······하지만."

"부탁이야!"

나도 모르게 목소리가 조금 커지고 말았다.

"······히나코 씨?"

후유히코가 놀란 기색으로 나를 보았다.

"미안해."

내가 대체 무슨 짓을 하고 있는 건지. 이런 데서, 고등학생을 붙들고.

잠시 침묵이 흐른 뒤, 나는 다시 한번 말했다.

"간단한 일이야. 그저 잠깐 보고 오기만 하면 돼. 갈색기 도는 아주 짧은 머리인지 아닌지, 짙은 쌍꺼풀에, 왼쪽 눈 밑에 점이 있는지 없는지, 작은 체구에, 귀걸이를 하고 있으며, 얌전해 보이는 느낌인지 아닌지."

그렇게 말하면서 나는 절망적인 심정이 되었다. 그딴 거, 아무려면 어떠랴.

"히나코 씨?"

후유히코는 놀랐다기보다 겁을 집어먹은 표정이었다. 내가 얼마나 소름 끼치는 얼굴을 하고 있었으면 그랬을까.

"왜 이러지. 미안해."

나도 모르게 울먹이는 목소리가 나와서 깜짝 놀랐다. 괜찮다고 말하려다 더 심하게 울고 말았다. 그리하여 나는 그 자리에서 아이처럼 흑흑 흐느껴 울었다.

결국, 나는 레코드 가게 2층의 빛바랜 다다미에 다리를 뻗고 앉아, 뜨거운 커피를 대접받을 때까지 울음을 그치지 않았다. 물론, 야채 샌드위치도 스파게티도 먹지 못했다.

"미안해."

커피 잔을 두 손으로 감싸듯이 쥐고 코를 훌쩍이며 말하자, 후유히코는 환하게 웃었다.

"괜찮아요."

커피는 인스턴트가 아니라, 제대로 내린 원두커피였다.

살 것 같다고나 할까, 이때의 내 기분은 정말 그랬다. 인간으로 돌아왔다는 느낌.

"이거, 여기서 오래된 음반인데, 저도 무척 좋아하는 거거든요. 길버트 오셜리반."

후유히코가 걸어 준 레코드는 한없이 부드러운 목소리로 노래했다.

ALONE AGAIN, NATURALLY.(또 혼자가 돼 버렸어, 당연하듯 말이야.)

"벌써 여름도 다 갔네요."

후유히코가 말한다. 이 아이의 시원시원함이라니, 도무지 같은 인간이라고 여겨지지 않는다. 천사 같다는 생각이 들었다.

배웅하겠다는 후유히코의 제안을 마다하고 혼자 밖으로 나왔다. 손목시계를 보니 3시를 지나고 있었다. 터벅터벅 발소리를 내며 걸었다. 금세 땀이 난다. 덥다, 더워, 너무 덥다. 땀이 밴 이마에 밀짚모자가 찌걱이는 것도 불쾌했다.

담장 위에 살찐 고양이가 길게 엎드려 있다. 갈색 줄무늬 고양이다. 그곳은 마침맞게 커다란 칠엽수 그늘이 져 있고, 고양이는 너무나 시원한 기색으로 낮잠을 즐기고 있다.

문득 고양이가 되고 싶다는 생각이 들었다. 고양이가 되어, 고스케 씨 손에 길러지고 싶다. 내가 생각해도 아주 괜찮은 아이디어 같았다. 남자와 함께 산다고 하면 노발대발하실 게 뻔한 부모님도 내가 고양이가 돼 버리면 포기하실 수밖에 없다. 좋은 주인을 만나 이쁨받을 수 있도록 기도해 주실 게 분명하다. 아무리 나라도, 고스케 씨 부인에게 '고스케 씨는 나와 당신 둘 다 사랑하므로 셋이서 함께 삽시다'라는 말은 할 수 없지만, 고양이가 되면 틀림없이 셋이서 즐겁게 지낼 수 있으리라.

나는 고스케 씨 부인이 건네주는 밥은 먹지 않는다. 고스케 씨가 밥을 줄 때까지 기다릴 것이다. 부인은 분명 이렇게 말하겠지.

"이 고양이, 어지간히 당신을 좋아하나 봐."

"그러게."

고스케 씨는 나를 안아 올리며 그렇게 말하리라. 그리고 내게 입맞춤한다. 나는 고스케 씨의 발치에 웅크린 채 잠이 든다.

어처구니없다.

나는 다시 걷기 시작한다. 밀짚모자의 그림자를 디디며, 시답잖은 상상을 떨쳐 버리려는 듯이 성큼성큼 걷는다. 덥다, 더워,

너무 덥다.

그날 밤, 나는 난생 처음 장난 전화라는 것을 해 보았다. 하룻밤 새 무려 열한 번이나 걸고 말았다. 무언 전화를.

처음 세 번은 부인이 받고, 다음 두 번은 고스케 씨가 받았다. 그리고 나머지 여섯 번은 상대편도 아무 말 하지 않았다. 아무 말 하지 않아도 고스케 씨임을 바로 알았다. 고스케 씨 또한 내가 누구인지 아는 눈치였다. 우리는 말없이 서로의 기색을 거듭 확인했다. 그 침묵을 안타까워하며, 그리운 공기를 서로 느꼈다.

나는 수화기를 내려놓기 무섭게 다시 걸었다. 고스케 씨는 바로 받았다. 나는 미소 짓고, 전화기 너머 고스케 씨도 미소 짓고 있음을 알았다.

그건 이제까지의 그 어떤 키스보다도 그 어떤 포옹보다도 관능적이었다. 정말 미칠 정도로 관능적이었다.

그날도 역시 새벽녘에야 잠자리에 들었지만, 나는 오랜만에 푹 잤다. 아무 꿈도 꾸지 않았다. 깊고 기분 좋은 잠이었다.

9월이 돼도 여름은 물러가지 않았다. 나는 늦더위를 무척 싫어한다. 여름이 힘겹게 신음한다.

박하 젤리와 멜론 쇼트케이크를 두 개씩 사 들고 후유히코를 찾아갔다.

"어서 오세요."

밝은 목소리로 맞아 준 사람은, 그러나 후유히코는 아니었다. 하릴없이 서 있는 내게 후유히코의 사촌 형이자 그 가게의 주인이 느긋한 어조로 말했다.

"그 녀석은 지난주까지 채우고 그만뒀습니다. 벌써 개학도 하고 해서."

"그래요. 그러고 보니 벌써 9월이네요."

"무슨 용건이라도?"

"아. 아뇨, 그런 건 아니고요."

괜스레 당황하며 말했다.

"지난번에는 폐가 많았습니다."

케이크 상자를 카운터 너머로 드밀며 인사한 내게, 그 사람은 웃으면서 공손히 말했다.

"괘념치 마세요."

가게를 나와 두세 걸음 걷다 멈춰 섰다. 가슴이 술렁거린다. 이제 못 만날지도 모른다. 그런 생각이 들자 가슴의 술렁임에 속도가 붙었다. 그때, 내가 벼랑에서 떨어지지 않은 건 후유히코가 있었기 때문이다. 크림색 앞치마, 레코드 가게 2층의 다다미방. 무뚝뚝한 어조, 볕에 그을린 웃는 얼굴, 그리고 짧게 깎은 머리. 내 영혼을 광기의 세계에서 이쪽 세계로 간신히 끌어내 준 건 후유히코다. 그때, 후유히코는 분명 나의 수호천사였다.

레코드 가게로 되돌아가 천사의 사촌 형에게 학교 이름을 알아내곤 그 길로 곧장 전철에 올랐다. 여하튼 후유히코를 만나러 가야 한다.

도립 세난星南고등학교. 과연 천사에 어울리는 이름의 그 학교는 무척 멀었다. 나는 오타큐선과 야마노테선과 게이요 급행선을 갈아타고, 마지막으로 버스를 탔다. 이윽고 "이얍!"이니 "하얍!"이니, 야구부답지도 않은 구령 소리가 들리는 '제2운동장'이란 곳에 도착했을 때는 하늘이 온통 붉은빛으로 물들었을 무렵이었다.

녹색 철망을 쥐고 운동장 안을 응시하다 내가 근시라는 사실을 떠올렸다. 흐음.

나는 망연자실하고 말았다. 진흙투성이 유니폼을 입은 선수들은 하나같이 까무잡잡한 피부에 짧게 깎은 머리 모양을 하고 있었다. 죄다 후유히코로 보인다. 나의 수호천사가 우글우글하다.

천사들은 감독이 쳐올린 공을 향해 뛰어들며 수비 연습에 한창이었다.

"이얍!"이니 "하얍!"이니 구령을 붙이고 있는 건 감독 한 사람뿐, 천사들은 숨이 턱까지 차올라 헐떡이고 있었다. 깡! 하는 금속음이 저녁노을에 빨려 들어간다.

꽤 긴 시간이었지 싶다. 용케 질리지도 않고 공에 뛰어드는구나 생각하면서, 나 또한 싫증 한 번 안 내고 그 모습을 바라보았다.

"감사합니다!"

그렇게 말하며 천사들이 일제히 모자를 벗은 것은, 이미 7시가 다 되어서였다. 여고를 나온 나는 '땀과 눈물의 고교 생활 청춘편編'에는 일절 면역이 없어서 그들의 시원스러운 박력에 다소 당황하는 참이었다.

연습이 끝나자 천사 중 하나가 곧장 달려왔다. 후유히코였다.

"어쩐 일이세요?"

스프라이트 음료 광고의 한 장면이 떠올랐다.

"견학."

"……저를요?"

"응."

"……."

"집에 같이 가자."

"에? 아, 예에."

후유히코는 여전히 어리둥절한 기색으로 고개를 끄덕이고, 그래도 싱긋 웃으며 말했다.

"옷 갈아입고 올 테니 잠깐만 기다려 주세요."

꼬박 30분은 기다렸을 것이다. 남자애들이야 옷 갈아입는 데 오래 걸려 봤자 5분이면 되겠거니 생각했는데, 이윽고 나타난 후유히코를 보자 납득이 갔다. 흰 셔츠에 검정 바지 교복을 말쑥하게 갖춰 입은 그는 샤워 코롱인지 샴푸인지 감귤 향을 풍기며, 옆에 여자아이까지 대동하고 있었다.

감색 블라우스를 입은 여자아이의 모습도 청초하고, 두 사람 다 맑고 깨끗한 모습에 절로 미소 짓게 되는 커플이었다.

"걸프렌드?"

"에? 하아, 뭐."

어쩐지 애매하게 대답하며 쑥스러워하는 후유히코 옆에서 여자아이는 자신감과 호기심, 그리고 아주 약간의 적개심이 한데 섞인 표정을 띠고 있었다.

후유히코는 이미 천사는 아니었다. 어디서나 흔히 볼 수 있는 평범한 고등학생이었다. 벌써 가을이구나, 하는 생각을 했다.

버스 정류장에 도착할 때까지 10분 동안 셋이 나란히 걸었으나 우리 사이엔 거의 말이 없었다. 솔직히, 할 만한 이야깃거리가 없었다. 바로 얼마 전까지 나도 고등학생이었는데, 어느새 나와 그들 사이엔 이렇듯 뚜렷한 위화감이 감돈다. 그 침묵이 어쩐지 우스꽝스럽고 서글펐다.

두 사람은 내가 탈 버스가 올 때까지 기다려 주었다.

"그럼 또 봐."

말은 그렇게 하고 버스에 올랐으나, 이제 다시 만날 일이 없겠구나 하는 생각이 들었다.

'연애가 즐거운 건 처음 얼마간뿐이야. 좀 지나면, 질척질척 혼탁해지고 아주 피곤해지니까.'라고 질투 비슷한 생각을 했다. '싱글벙글할 수 있는 것도 한때란다.'

내가 손을 흔들자, 후유히코도 그의 걸프렌드도 손을 흔들었다. 나는 한껏 들뜬 기분이었다. 완전히 어두워진 국도를 버스는 달리고, 버스 안은 희읍스름한 형광등이 퇴근길의 샐러리맨을 비추고 있었다.

그럼에도 역시, 인간은 사랑을 한다. 나는 몸 안쪽에 작은 에너지가 되살아나는 것을 느꼈다.

여름은 끝났다.

VI

나는 혼자 렌터카를 빌려 토오루의 고등학교 정문에 차를 댔다. 학교 건물 앞의 백일홍이 바랜 분홍빛으로 피어 있다. 3시 20분에 종료 벨이 울리고, 학생들이 우르르 나왔다. 무수한 시선을 받으며 내 자신의 대담성에 가슴이 뛰었다. 회색 시트에 기대어 눈을 감고 조그맣게 숨을 토한다.

나를 발견한 토오루가 얼굴 가득 미소를 띠고 앞 유리를 콩콩 두드렸다.

"죽인다—."

흰 셔츠와 감색 바지.

"고등학생 같네."

조수석 문을 연 토오루에게 말했다.

"그 악취미적인 목걸이만 없다면."

물론 토오루는 귀담아듣지 않았다.

"뉴 모델이다."

라든지,

"선루프도 있네?"

하면서 이것저것 버튼을 눌러 본다.

"지난번에 드라이브 약속, 펑크 냈으니까."

내 말에 토오루는 정말 기뻐하는 기색으로 생긋 웃으며 (그 얼굴은 어쩐지 강아지 같았다) 말했다.

"고속도로 타요."

사실 웃을 일이 아니었다. 어쨌든 이 차에는 강사도 보조 브레이크도 딸려 있지 않다. 일반 도로만으로도 충분히 스릴이 있다. 그러나 여기서 기죽을 순 없었다. 팔다리가 유난히 긴 토오루는 다소 옹색해 보이는 모습으로 조수석에 푹 기대어 앉아 있다. 불안한 기색이 전혀 없는 옆얼굴이 건방져 보여 일부러 급브레이크를 밟아 본다. 그러고 보니 처음부터 배짱 하나는 좋았다. 물이 뚝뚝 떨어지는 비옷 차림으로 현관에 서 있던 토오루의 얼굴을 떠올렸다.

"씹을래요?"

주머니에서 껌을 꺼내며 토오루가 생긋 웃었다. 그런 것을 받아 들 여유 따위 없다는 걸 뻔히 알면서 이러는 거다.

"필요 없어."

어쩜 이리 짓궂을까, 라고 생각하는 참에 토오루가 껌을 까서 입에 물고 얼굴을 내 앞으로 들이밀었다.

나는 차간 거리가 충분한 것을 확인하고 나서 재빨리 껌을 받아 물었다. 토오루는 배를 잡고 웃었다.

"그런 진지한 얼굴의 키스, 처음 봤어요."

요금소를 빠져나가 완만한 커브 길을 따라 가노라면 가속 차선이 나온다. 숨을 참고 가속 페달을 밟는다. 룸 미러, 사이드 미러, 직접 눈으로 확인. 나는 여러 강사의 얼굴을 어수선하게 떠올렸다.

무사히 본선에 합류하고, 토오루가 휘익 휘파람을 불었다. 창도 선루프도 활짝 열고 달린다. 저녁 바람이 귓전을 파고든다. 내 손은 더 이상 떨고 있지 않았다. 기분 최고다. 풍경처럼 아름다운 소리가 시속 200킬로미터를 알린다.

"푸르키네 현상이네요."

토오루가 말했다.

주변이 어느새 파르스름하다. 눅진눅진한 파랑, 애매한 파랑, 묘한 그리움이 서린 파랑. 나는 더 세게 가속 페달을 밟았다.

"돌아갈 때는 내가 해요."

"면허도 없으면서."

경치가 슝슝 뒤로 날아간다. 우리는 차째 푸른 공기에 푹 안겨 있었다.

집에 도착하자 날은 이미 어두워져 있었다.

"차 샀어요?"

아주머니가 뒷문으로 얼굴을 내밀며 놀란 기색으로 묻는다.

"아뇨, 빌린 거예요. 렌터카."

"아아, 그래, 렌터카. 안심했네."

아주머니가 샌들을 꿰신고 나오며 말했다. 왜 아주머니가 안심이 될까, 생각하면서도 어쩐지 흐뭇한 기분이 들었다. 흰 차와 우리 세 사람을 가로등이 희미하게 비추고 있다.

"저녁 아직이죠? 괜찮으면 들어와서 먹고 가요."

여느 때처럼 아주머니가 말하고, 내가 사양하기보다 한발 앞서 토오루가 입을 열었다.

"그래도 괜찮아요?"

나도 놀랐지만 아주머니는 더 놀란 눈치다 (권해 놓고 놀라는 것도 이상하지만, 이분이 같이 밥 먹자는 건 거의 습관과도 같아서 어느 결에 거절당하는 데 익숙해져 버린 듯싶다).

"암, 괜찮다마다요."

아주머니가 금세 환한 표정으로 말했다. 엄청 큰 목소리다.

아주머니 집에서 셋이 튀김 덮밥을 먹었다. 튀김 덮밥에는 조그만 스티로폼 용기에 담긴 얄팍한 노란 무가 곁들여 있었다.

아주머니는 몇 호실의 누구누구는 외박이 잦다느니, 누구네는 이불을 널어 말리지 않는다느니, 시시한 이야기를 계속 소곤거렸다. 그리고 냉장고에서 멸치조림이며 무장아찌를 꺼내 와서는 이것도 먹어 보라며 권했다. 썰렁하리만치 커다란 목소리로 맛있다면서 튀김옷만 엄청 큰 새우를 씹어 먹고 있는 토오루를 보고 있으려니, 나도 모르게 사랑스러운 마음이 흘러넘쳤다. 안타까운 예감을 내포한 달콤한 기분.

식사 후 우리는 호지차(고온에서 볶은 녹차_옮긴이)를 마시면서 퀴즈 프로그램을 시청했다. 어색하면서도 정겹고 행복한 밤이었다. 내일 고스케 씨에게 전화를 해야겠다는 생각을 했다. 장난 전화 따위가 아니라 제대로 통화하고 그만 끝내자고 마음먹었다. 호지차는 뜨겁고 향긋하고 새록새록 맛있었다.

세 번째 벨소리에 부인이 전화를 받았다.

"간바야시 히나코라고 합니다만, 선생님 계신가요?"

잠깐만 기다리세요, 라고 한 그녀의 목소리는 그늘이 없고 가뿟했다.

"여보세요."

"선생님, 작품은 다 되셨나요?"

"잘 지내?"

"곤란한데요, 마감 날짜는 지켜 주셔야."

"……다 됐습니다, 내일 드리죠. '모멘야'에서 봅시다."

가슴이 벅차올라 더 이상 얼버무릴 수가 없었다.

"고스케 씨."

"응?"

그리운 목소리. 귀에 익은 목소리. 나는 눈을 감았다. 추억이
밀려와 현기증이 인다.

"이건 이별 전화예요."

내 목소리는 의외다 싶을 만큼 차분했다.

"그러니까 이제, 꿈속에 나타나지 않아도 돼요."

"……."

고스케 씨는 잠시 침묵한 후에, 내일 모멘야에서 이야기하자
고 했다.

"아뇨."

금방이라도 눈물이 날 것 같은 마음과는 반대로 나는 우후후
하고 웃고 말았다. 그리고 그 웃음은 무척 잔혹한 울림을 동반하
고 말았다.

"잘 지내요."

"변명처럼 들리겠지만, 그 후에도 늘 히나코 생각을 했어."

"변명으로 들려요."

알고 있다. 우리는 같은 인종이다. 고스케 씨의 변명은 염치없지만, 그게 거짓이 아니라는 건 누구보다 내가 잘 안다.

"자업자득이라고 해야 하나."

"그래요."

우리의 자업자득이다.

"그럼, 끊을게요."

이제, 짝짓기 시즌은 끝났다.

"아, 히나코."

"네?"

"지난번엔, 전화 고마워."

"……천만에요."

수화기를 내려놓자 온몸의 힘이 빠져 한참을 멍하니 있었다. 해방감이라고 하기엔 조금 씁쓸한 무언가가 가슴 언저리로 퍼진다. 나는 비틀비틀 일어나 의자 등받이에 걸어 둔 카디건을 걸쳤다. 몹시 목이 말랐다.

복숭아 넥타가 먹고 싶다.

그렇게 생각하다 조금 웃었다. 다행이다. 내 마음은 그래도 아직 이렇게 건강하다.

지갑만 주머니에 넣고 밖으로 나왔다. 편의점에 가서 넥타를 사야지. 그 김에 비스킷도 한 통 사고, 돌아오는 길에 비디오라도 한 편 빌려 오자.

나는 가 버린 여름을 떠올렸다. 토오루가 있고, 후유히코가 있고, 선잠처럼 혼돈스러웠던 여름. 자동차 운전면허를 딴 여름. 애정을 매장해 준 여름. 해 질 녘 바람에 나는 눈을 가늘게 떴다. 해질 녘이라는 애매한 시간이 나는 좋다. 주부가 장 보러 가는 시간, 아이들이 골목에서 뛰노는 시간, 장밋빛과 회색빛과 연푸른빛이 한데 섞인 듯한 공기.

무논에선 금빛으로 물들기 시작한 벼 이삭이 사락사락 건조한 소리를 내고 있다.

포
물
선

요코하마에서 중화요리를 배가 터지도록 먹는 것. 이것이 오늘의 테마였다. 제안한 사람은 '간다'. 가을 초엽의 무겁게 흐린 일요일. 나는 하도 입어서 낡은, 하지만 착용감이 가장 좋은 베이지색 면 저지 원피스를 입었다. 맨발에 플랫 슈즈를 신고, 전철을 몇 번씩이나 갈아타고서 요코하마에 간다.

"또 그 사람들 만나?"

그저께 밤, 시미즈 씨는 전화 너머로 언짢은 목소리를 냈다.

"그래요."

또, 라니 무슨 뜻으로 하는 말일까. 지난번에 셋이 만난 후로 벌써 6개월이 지났다.

뭐 괜찮아, 라고 시미즈 씨는 말했다. 즐겁게 놀다 오면 되지, 라고.

그야 두말하면 잔소리지, 즐겁게 놀다 오고말고.

개찰구를 빠져나와 약속 장소까지 어슬렁어슬렁 걷는다. 이렇듯 북적이는 인파 속을 혼자 걷노라면 기분이 좋아진다.

고이치로의 뒷모습은 바로 알아봤다. 대학을 졸업한 지 5년이 돼 가는데 청바지와 티셔츠 차림하며, 대충 단정하게 자른 머리 모양하며, 흡사 학생이다. 비어 있는 벤치를 놔두고 굳이 울짱에 걸터앉아 있는 점도 정말이지 고이치로답다. 울짱이 너무 낮아서 고양이 등이 되어 있다.

"여! 오랜만이다, 오랜만."

큰 소리에 이어 미처 시선을 옮길 새도 없이 간다가 나타났다. 고이치로의 눈이 둥근 무테안경 속에서 반가운 듯 풀어진다. 나는 멈춰 서서 잠시 두 사람을 바라보았다. 완전히 멀어져 버린 학창 시절의, 활기 넘치는 망령들. 조용히 가로놓인 흐린 바다가 수평선에서 회색 하늘에 녹아든다.

"사내 녀석이 수다스럽긴. 아침부터 튀김이라도 먹고 왔나?"

다가가며 말하자, 두 사람이 동시에 돌아보며 정박해 있는 배를 배경으로 얼굴 가득 미소를 띠었다. 특정 상대에게만 보이는 유의 무방비한 미소. 세련됐다고는 하기 어려운 감색 양복에 물색 넥타이를 맨 덩치 큰 간다가 진지한 목소리를 낸다.

"죄송합니다, 교수님. 저희 집이 튀김집이라서."

우리는 명랑하게 웃으며 재회의 악수를 나눴다. '아침부터 튀김이라도 먹고 왔나?'는 논리학 개론 담당 교수님이 수업 중에 즐겨 쓰던 표현이다. 처음 그 말을 들었을 때는 무슨 의미의 농담인지 아는 사람이 하나도 없어 교실 분위기가 싸―해지고 말았다. 교수님은 교수님대로 한 손에 분필을 쥔 채 교단 위에 민망한 듯 서 계셨다. 우리 세 사람이 만나게 된 클래스이다.

"아차차, 규칙 위반이네. 미안."

추억담이라면 아라비안나이트를 쓰고도 남을 정도다. 단, 추억담을 입에 올리지 않는다는 것이 우리의 유일하고도 절대적인 규칙이다. 학창 시절 친구들이 모여 옛일만 떠올려선 발전이 없다는 것이 간다의 의견이었고, 마찬가지로 옛날 일을 떠올리자니 좀 부끄럽다는 것이 고이치로의 생각이었다. 적어도 우리는 과거의 짐이 가벼울수록 인생살이가 편하다는 주의였고, 그건 다시 말해 학창 시절을 자랑스럽게 반추하며 거침없이 이야기하는 세대를 향한 보잘것없는 저항이기도 했다.

"일요일에도 양복이네?"

어, 하고 간다가 가슴을 편다.

"딱딱한 일을 하는 건 나뿐이니까."

"어차피 우리는 오징어예요."

고이치로가 일어나서 팔다리를 흐느적거리기에 나도 그 옆에서 흉내를 냈다.

"어차피 난 해파리예요."

셋이서 다시 웃었다. 서른이 다 된 인간들이 애들처럼 잘도 까분다고 서로에게 감탄하면서, 그래도 자꾸자꾸 마음이 가벼워지는 것은 어쩔 수 없었다. 아주 희미하게 바다 냄새가 난다.

간다가 예약한 가게는 차이나타운에서 조금 떨어진 곳에 있었다. 언덕 위의 전망 좋은 장소이긴 했지만 가게는 초라했다. 원래는 화려했을 다 낡은 간판도 빛바랜 색조만큼이나 허허롭다. 입구를 들어서자 어둑어둑하고 기름내 찌든 습한 공기가 고여 있었다. 까무잡잡한 피부에 왜소한 중년 아주머니가 우리를 룸으로 안내해 주었다. 의외로 안이 깊은 가게다.

"우선 맥주부터 해야지?"

간다가 말한다. 칭다오가 좋겠다. 그리고 전채 요리. 다음은 천천히 정하고 나서.

아주머니는 미소 한번 짓는 법 없이 장승처럼 서서 주문을 받아 적는다. 하얀 삼각건과 낡아 빠진 앞치마, 양말을 신은 발치. 중화요리점의 룸이라고 하면 제법 널찍하려니 생각했는데 4, 5인용의 작은 원탁이 놓여 있고 사방의 벽도 답답하다. 무수하게 들러붙은 벽의 얼룩을 바라보면서, 이곳은 틀림없이 바퀴벌레의 천국이겠거니 생각했다.

"미치코, 일은 어때, 잘돼 가?"

고이치로가 물수건으로 꼼꼼히 손을 닦으면서 물었다.

"응. 여전해. 아주 좋다고 말해 주는 사람도 있고, 이딴 거 불쏘시개로도 못 쓴다는 사람도 있고."

"불쏘시개?"

옆에서 간다가 얼빠진 소리를 낸다.

"어느 시대 사람이야? 그 자식."

사실, 편집자로 불리는 사람들은 어딘지 모르게 묘한 구석이 있다. 늘 새로운 것을 찾아다니는 데 비해 무척 보수적이고, 상냥하지만 하나같이 나이를 가늠하기 어려운 데다 정체를 알 수 없다.

"미치코도 그런 말 들으면 신경 쓰여?"

고이치로가 악의 없는 웃음을 띠며 묻고, 나는 대답이 궁해 컵의 물을 마신다.

"고이치로 너야말로 어때? 새로운 일."

바텐더니 가정 교사니, 아르바이터로 칭하며 홀가분하게 살아온 고이치로가 갑자기 취직을 결심한 것은 두 달쯤 전이다. 작은 펫 숍에서 수습사원으로 일하고 있다는 엽서를 받고 전화하자, 고이치로는 예의 온화한 목소리로 말했다.

"친칠라 고양이 새끼, 어때? 입양해 주면, 내가 출장 서비스로 샴푸해 줄게."라고.

"하루하루가 결전이지 뭐."

고이치로는 생글거리며 말하고, 상처투성이 양손을 테이블 위에 펼쳤다.

"당연하지. 실사회란 엄격한 법이라네, 제군."

간다가 즐겁다는 듯이 말하면서 마침 나온 맥주를 따른다.

"여하튼 건배해야지. 고이치로의 취직과 우리의 재회를 축하하며!"

"우수한 보험 설계사와, 신진기예 작가의 앞날을 위해서도!"

고이치로가 덧붙이고, 우리는 꿀꺽꿀꺽 소리를 내며 맥주를 마셨다. 작은 컵이었기에 물론 단숨에 비웠다. 목 넘김이 무척 가

녑고 향긋하다.

"간다."

두 잔째 맥주를 재빨리 따라 주면서 고이치로가 아무렇지 않은 듯이 물었다.

"너, 리에하곤 여전하냐?"

"어."

간다는 짧게 대답하고, 닭고기 튀김을 볼이 미어져라 입에 넣는다. 우물우물이라는 형용사가 딱 들어맞는 모습이다. 나도 고이치로도 다음 말을 기다렸으나, 간다는 그 이야기를 더 할 생각이 없어 보였다. 내 접시에 해파리를 듬뿍 얹으며 말한다.

"이거 좋아하지?"

리에는 우리의 1년 후배이자 간다의 걸프렌드다. 학창 시절에는 굳이 말하자면, 순진무구하고 느긋하고 어린애 같은 사람이었다. 소식통에 의하면 그 리에가 은행에 취직하고부터 비련에 몸을 불사르고 있는 모양이다. 하지만 간다는 많은 이야기를 하지 않는다. 두 사람은 여전히 연인 사이다.

"본인에게 사실 여부를 묻는다는 건, 딱히 의심하진 않는단 얘기도 되는데."

고이치로가 말하고, 동의를 구하는 듯이 나를 보았다.

"그래."

어쩔 수 없이 나는 고개를 끄덕인다.

"하지만, 의심하는 게 자연스러운 것 같아."

리에가 그 남자와 함께 있는 모습을 본 사람이 한둘이 아니다. 그게 모텔촌이거나 이즈의 온천장이다 보니, 실상이 거의 백일하에 드러난 듯싶다. 간다는 아무 말 없이 전채 요리를 먹는 데 열심이다. 나는 리에에 대해선 잘 모르지만, 사람 좋은 간다가 너무 믿거니 하고 있는 것 같아 화가 났다. 어찌 됐든 간다가 야무지지 못한 탓이다.

"됐어, 그건 그렇고 찐한 이야기가 있어."

반론 한마디 하지 않는 간다를 대신하여 고이치로가 교묘하게 얼버무린다.

"나로 말할 것 같으면 큰 고양이를 상대한다니까."

닥터 스톱이다. 나는 불만을 담아 고이치로의 얼굴을 보았다. 완벽한 포커페이스. 좀 더 언급하고 싶은 마음을 억누르며 나는 춘권에 겨자를 쳐 입 안 가득 넣는다. 상아로 만든 젓가락은 길고 미끄러워서 사용하기 어렵다. 춘권은 입 안에서 오돌오돌 소리를 냈다.

"아, 지난번 그 소설, 읽었어."

생각났다는 듯이 고이치로가 말했다.

"지난번이라니. 아아, 짤막한 그거?"

잠시 생각하는 척하다 그렇게 말했지만, 어느 소설을 말하는 건지는 이미 알고 있었다. 일이 그다지 많은 것도 아니다 보니.

"어땠어?"

대답은 뻔했지만 일단 물어본다.

"재밌었어."

고이치로는 평소처럼 온화하게 말한다. 그 이상의 말을 기대한 내 자신이 금세 부끄러워지면서 늘 영세 중립국 입장을 고수하는 고이치로가 원망스러웠다. 옛날부터 그랬다. 온화한 사람임엔 틀림없지만, 어리광을 부릴라치면 부드럽게 거절당한다.

"새로운 소설? 어디 실렸는데?"

금세 기운을 되찾은 간다가 호주머니에서 볼펜을 꺼내면서 물었다.

"오랜만이네, 활자로 되어 나온 거."

말하기 껄끄러운 이야기를 딱 꼬집어 말하고, 간다는 잡지 이름을 종이 냅킨에 썼다.

"그래도 난 기쁘다. 미치코가 어엿하게 일을 하고 있다니, 지금도 믿어지질 않아."

친척 아저씨 같은 그의 말투에 나는 조금 안심하며 웃었다.

시미즈 씨는 항상 말한다. '미치코는 일을 하지 않으면 안 돼. 일을 제일 중요하게 여겨야 한단 말이지. 나나 미치코는 그런 인종이라고.'

나는 아니라는 말도 못한 채, 시미즈 씨와 3년간 연애 중이다. 피차 독신이지만 결혼할 생각도, 함께 살 생각도 없는 연애. 각자 하는 일이 최우선이고 애정의 반절은 접어놔야 하는 연애다. 그건 그것대로 좋다. 충분히 납득한다.

"하지만."

나는 좋은 냄새와 함께 훈김이 피어오르는 수프가 내어져 나오는 것을 보며 말했다.

"만약 일이 인생의 전부라면, 난 그깟 인생 들고양이한테 줘버리겠어."

과격한 말에 놀라 간다와 고이치로가 나를 본다.

"졸지에 미치코의 인생을 떠맡은 들고양이는 무슨 죄야."

고이치로가 말했다.

맛있는 요리가 차례차례 나온다. 새우 경단, 전복, 푸른 채소, 물만두. 이 가게의 명물이라는 설탕 친 볶음 국수에 로스트 치킨.

"너 말야, 왜 그리 급하게 취직한 거냐?"

라오주를 홅으며 간다가 물었다.

"글쎄, 왜 그랬을까."

"그것도, 난데없이 웬 펫 숍이냐고."

고이치로는 난감한 얼굴을 한다. 최근까지만 해도 고이치로는
여러 방면에 걸쳐 다양한 아르바이트를 해 왔다. 학원 강사에서
부터 시작하여 피자 배달까지, 직종의 폭이 상당히 넓었다. 그렇
지만 펫 숍은 전혀 뜻밖이었다. 여태까지의 고이치로는, 적어도
겉보기엔 동물을 그다지 좋아하는 것 같진 않았다. 솔직히 말해,
자유를 사랑하는 고이치로가 취직했다는 사실이 나로서는 못내
섭섭했다.

"첫 월급은 얼마였는데?"

간다는 혼자서 질문을 계속한다.

"수습생한테 뭘 그런 걸 묻고 그래."

고이치로가 피식 웃으며, 적금을 깨는 불상사가 생기기 전에
남들 받는 만큼의 월급을 받게 되길 바란다고 했다.

"그럼, 당분간 집은 못 옮기겠네?"

바깥 계단, 세 평짜리 방 하나에 욕실 없고 공동 화장실이라는
시대착오적인 연립 주택을 떠올리면서 나는 말했다. 고이치로는
대학 졸업 후 곧바로 독립하여 쭉 그 집에 살고 있다.

"좋은 데야."

온통 할퀸 자국투성이인 손등으로 안경을 들어 올리며 고이치로는 감개무량한 듯한 얼굴을 했다.

"우연히 들렀는데."

원탁 한가운데 놓인 고추기름 병 주위를 바라보며 말한다.

"마침, 비쩍 마르고 짙은 화장을 한 여자가, 방금 목욕을 마친 사람처럼 얼굴이 반들반들한 남편과 함께 개를 고르고 있었어. 이 녀석은 털이 정신없이 나서 싫다느니, 이 녀석은 너무 커서 별로라느니 하면서 죄 트집을 잡는 거야. 그때까지 생각해 본 적도 없었는데, 난 펫 숍이 그렇게 심한 데인 줄은 처음 알았어. 이렇게 심한 곳이 다 있나 하고 생각하다,"

고이치로는 거기서 다음 말을 찾는 듯이 한 박자 쉬고 나서,

"정신을 차려 보니 취직해 있었어."

하며 웃었다.

"어떤 일을 하는데?"

나도 모르게 행복한 기분이 들어 물었다.

"온갖 잡일."

고이치로는 느긋하게 대답하고 잡일의 내역을 설명했다. 가게 앞 쓸기, 윈도우 닦기, 동물들의 식사 챙기기, 샴푸하기, 화장실

모래 갈아 주기, 2층에서 담당하는 펫 호텔 체크인 및 체크아웃, 손님 맞이하고 보내기, 장부 정리, 객실 정리.

"여러 가지 있지만, 손님 상대하는 일 말고는 다 좋아."

일하고 있는 고이치로를 상상해 보았다. 티셔츠에 청바지, 둥근 무테안경. 앞치마를 두른 작은 체구의 고이치로가 엉거주춤한 자세로 동물을 상대하고 있는 그림.

"홋후후."

간다가 작위적으로 밉살스러운 웃음소리를 냈다.

"그래, 그럴 거야. 고객과 맞서 논쟁한다는 것 자체가 무리지."

"역시 그런가?"

"그렇고말고."

보험 회사에 근무하는 간다와 펫 숍에서 일하는 고이치로는 그 부분에서 묘하게 의기투합했다. 자고로 고객이란 의심도 많거니와 이해력도 부족하고 도통 남의 이야기를 들으려 하지 않는다고 간다가 분석하면, 고객들이란 하나같이 제멋대로에 소란스럽고 지독하게 무책임하다고 고이치로가 분개한다. 계속해서 두 사람이 적절한 예를 열거하는 동안, 나는 살구주를 마시면서 멍하니 그 이야기를 듣고 있었다. 내용이야 어떻든, 열변을 토하는 그들의 모습을 보는 게 얼마 만인지. 정말 감회가 새로웠다.

두 사람 다 맡은 바 일에 열심이구나, 라고 생각하다가 예의 친척 아저씨 같은 감상에 이번에는 내 스스로 웃고 말았다. 졸업하고 5년 만이었다.

"그럼, 미치코는 정말로 우정이 변하지 않는다고 믿는 거야?"

언젠가 시미즈 씨가 물었다.

"미치코답지 않아."

그때, 어째서 반론하지 못했을까. 나답지 않다는 말이 압도적이리만치 그럴듯하게 울렸다. 이 세상에서 내가 믿을 수 있는 것이라곤 우정뿐이다, 라는 말이라도 해 주었으면 좋았을 것을. 나는 우정을 믿을 뿐 아니라 무조건적으로 사랑한다고.

간다나 고이치로라면, 그것을 나답다고 여길까? 5년. 시미즈 씨가 알고 있는 나와, 간다나 고이치로가 알고 있는 나는 과연 얼마만큼 다를까.

갑자기 간다가 자리에서 일어났다.

"분수의 천사."

선언하듯 분명하게 말하고, 우리가 말릴 새도 없이 병에 남아 있던 김빠진 맥주를 비웠다. 두 손을 허리에 대고 상체를 젖히며 뺨을 부풀린 다음 천천히 맥주를 뿜어낸다. 금색의 정확한 포물선. 가늘고, 길고. 이 포물선은 학창 시절 간다가(물론 부끄러움도 두려움도 모르던 1, 2학년 시절) 자랑하던 술자리 묘기였다. 간다의 얼굴이 순식간에 벌게지면서 괴로운 듯이 일그러진다. 툭툭 소리를 내며 바닥에 물웅덩이가 생긴다. 천사의 맥주는 마지막으로 찍 하고 튀어나오다 끊어졌다.

의자에 털썩 내려앉은 간다가 넥타이를 늦춘다. 나도 고이치로도 기가 찬 심정으로 간다를 바라보았다. 나이 먹고 이 무슨 황당한 짓인지, 라는 생각이 드는 동시에 이상하리만치 동요되었다. 거의 울고 싶은 심정이었다. 순간 할 말을 잃고 있던 고이치로도 이내 부드럽기 그지없는 표정으로, 여전히 잘하는구나, 라고 중얼거렸다. 그리고 내게 설명해 준다.

"이거, 되게 어려워."

물론 나는 일찍이 욕실에서 혼자 연습한 사실은 말하지 않았다. 턱을 타고 물이 질질 흘러내려 포물선은커녕 직선조차도 내뿜기 무섭게 끊어졌다.

간다는 과연 매일 어떤 얼굴을 하고 일을 할까. 몸만 레귤러 급이었지 줄곧 럭비부 보결 선수였던 간다는 입사 시험을 한 군데만 보고 거기서 떨어지면 럭비부 감독이 될 작정이었다. 3월생인 간다는 우리 셋 중에서 가장 나이가 어리고, 그 얘기만 꺼내면 심하게 화를 낸다.

"'분수의 천사'를 나보다 잘하는 녀석은 절대 없어. 단언해."

간신히 말을 할 수 있을 만큼 폐 기능이 회복된 간다가 자못 만족스러운 듯이 말하며 웃었다.

흐린 일요일의 점심 성찬을, 우리는 뜨거운 닭국수로 마무리했다. 세 사람 다 면발이 붇도록 내버려 두는 것을 무슨 대역죄처럼 여기는 성격인지라 이때만큼은 말없이 훈김에 얼굴을 묻고 오로지 국수만 후루룩거렸다. 국수는 매끄럽고 가늘었다. 진한 수프는 파의 단맛이 우러나고, 푹 익힌 닭은 포슬포슬 부드럽다. 묵묵히 먹으면서, 그게 너무나 자연스러웠기에 나는 목을 가릉가릉 울렸다. 우리의 리듬이다. 학교 식당이며 역 앞 포장마차에서, 늘 이런 분위기였다. 맛있어서, 기분이 좋아서, 현기증이 난다.

정확히 삼등분하여 계산을 마치고, 우리는 그 가게를 나왔다. 들어왔을 때와 마찬가지로 가게 안에 다른 손님은 없었다. 기름기가 도는 손잡이를 당겨 문을 열었다. 밖이 아직 환해서, 어쩐지 낯선 기분이 들었다.

"지금 몇 시?"

기묘한 위화감에 당황하며 내가 묻자, 두 사람이 거의 동시에 대답했다.

"4시 10분 전."

어중간한 시간. 언덕 아래에서 약한 바람이 불어온다.

고이치로도 간다도 차를 갖고 왔지만(그리고 물론, 바래다주겠다고도 했지만), 우리는 거기서 헤어지기로 했다. 어차피 각자 자기 자리로 돌아가야 한다.

"다음엔 언제 볼까?"

애매한 하늘을 보면서 셋 다 거의 동시에 입을 열었다.

"다음엔 역시 송년회지."

간다가 말하고, 우리는 무심코(말한 당사자조차) 입을 다물어 버렸다. 송년회. 아직 9월 중순이다.

"뭐, 금방이니까."

고이치로가 경쾌하게 말했다. 우리는 어깨를 나란히 하고 완만한 비탈길을 슬렁슬렁 내려간다. 해 질 녘의 밝은 공기에 칠 엽수 가지가 흔들렸다.

재난의 전말

실눈을 뜨자 뿌연 물색이 퍼진다. 머리를 조금 움직이자 이번
에는 흰색이 스몄다. 초점이 맞지 않는 줄무늬. 나는 그 부드러운
베개 밑에 천천히 두 손을 찔러 넣었다. 서늘해서 기분이 좋다.
배가 고픈 것을 보니 벌써 오후인 모양이다. 밖에서 전기톱 소리
가 난다. 맞은편 집의 개축 공사 소리. 나는 반쯤 잠에 취한 채 몽
롱한 의식 너머로 맑게 갠 하늘을 감지한다. 공사 현장의 소리는
맑은 날에만 이런 식으로 한가로이 울려 퍼진다.

손발에 조금 열감이 느껴지면서 나른하다. 어제 마신 술기운이
남아 있는 거다. 나는 이 나른함이 싫진 않다. 원고는 완성했고 전
화선은 빼 놓았다. 배가 고파 눈을 뜰 때까지 잠을 잔다는 쾌락

을 오랜만에 만끽했다. 흡족한 기분으로 천천히 몸을 뒤친다.

어라?

오른쪽 다리가 이상했다. 뻐근한 게 어쩐지 잘 움직이질 않는다. 모로 누운 자세 그대로 다리만 털썩 움직여 본다. 털썩. 털썩. 털썩.

이불과 시트 틈의 친밀한 공기가 휘젓긴다. 잠의 피막은 순식간에 벗겨지고, 슬프리만치 순순히 깨어나는 의식 속에서 오른쪽 다리의 위화감은 이미 의심할 여지가 없었다.

평소와 다른 기세로 일어나 두 발을 나란히 하고 바닥에 선다. 발바닥이 차갑다. 긴 자루 모양 잠옷—하얀 지지미천에 아무런 장식도 없고, 아츠야가 불만을 담아 '위생복'이라 부르는 물건—자락 밖으로 드러난 두 다리는, 언뜻 봐도 깜짝 놀랄 정도로 좌우 균형이 맞질 않았다. 조금 부은 정도가 아니었다. 오른쪽 다리의 굵기는 왼쪽 다리의 족히 1.5배는 돼 보였고, 발목은 아예 보이지도 않았다. 허옇게 땅기는 피부는 당장 터질 지경이었다. 나는 마음속으로 비명을 질렀다. 이게 웬 날벼락이람.

'위생복' 자락을 허리까지 걷어 올리고, 내 다리에 대체 무슨 일이 일어난 건지 살펴보기 위해 침대에 앉은 나는 두 번째 비명을 질렀다.

오른쪽 장딴지에 온통 붉은 반점이 돋아 있다. 빈틈없이, 정말이지 빽빽하게. 직경 5밀리미터 정도 되는 무수한 반점은 하나같이 모기에 쏘인 자국처럼 빨갛게 부풀어 오른 데다, 바림질하듯 반점 주위에 연붉은 테두리가 생겨 있었다. 장딴지를 뒤덮는 이중 원들. 나는 공포스러운 나머지 휘둥그레진 두 눈을 한동안 거기서 떼지 못했다.

조심조심 만져 보니 열감이 있고 서늘한 손바닥에 희미한 통증이 전해진다. 마치 반점들이 소리가 아닌 소리로 제각기 꺅꺅 비명을 질러 대는 것만 같다. 이 무슨 추악한 몰골이람. 무슨 오셀로 게임판도 아니고, 가여운 나의 오른쪽 다리는 정강이 쪽은 창백하고 장딴지 쪽은 새빨갛게 부어오를 대로 부어올라 가만히 고통을 견디고 있다.

자세히 보니, 반점은 허벅지에도 몇 개, 왼쪽 장딴지에도 몇 개, 그리고 팔 안쪽이며 배에도 몇 개씩 돋아 있었다. 빨갛고, 뜨겁고 작은 이중 원.

"이게 웬 날벼락이람."

이번에는 소리 내어 말했다. 공포 영화 같은 한낮.

이치죠 씨는 창가 자리에서 레몬티를 마시고 있었다. 나를 발

124

견하자 눈으로만 웃어 보인다. 마직 수트 깃 사이로 엿보이는 오렌지색 스카프와 화려한 금목걸이.

"왔어요?"

무척 서글서글하게 말하는 이치죠 씨는 작은 출판사에서 5년 넘게 나를 담당하고 있다. 원고가 든 갈색 봉투를 건네자, 지난번 에세이도 평이 좋았어요, 하며 미소 지었다. 어깨선 조금 넘는 가지런한 생머리가 흔들린다.

"교코 씨 문장은 워낙 리듬감이 있어서."

나는 애매하게 웃었다. 창유리 너머로 저녁 무렵의 신주쿠 거리가 보인다. 이치죠 씨는 칭찬에 능한 사람이다. 평소 같으면 이 사람의 이런 말은 나를 금세 기분 좋게 만들어 주었을 텐데. 평소 같으면.

나는 신경의 2퍼센트를 풀가동시켜 미소도 짓고 간간이 맞장구도 치고, 커피를 젓거나 창밖을 내다보기도 했다. 나머지 90퍼센트는 오로지 테이블 밑, 베이지색 바지로 감싸인 땅땅한 오른쪽 다리에 집중시킨 채.

"뭐 먹을까요?"

이치죠 씨가 묻는다. 우리는 둘 다 먹는 걸 좋아해서 업무를 구실 삼아 만나면 으레 식사를 하러 간다. 원고야 팩스로 보내도 그만이지만, 굳이 만나는 건 오히려 그런 이유 때문이었다.

"미안해요. 오늘은 좀."

식욕이 있을 리 없다. 얇은 무명천으로 가려져 있지만, 그 흉측하게 부어오른 뻘건 장딴지를 나는 생생하게 마음으로 볼 수 있었다. 머큐로크롬을 칙칙 뿌려 그 차가움이 소염 작용을 하길 기원하면서 스타킹 없이 바지를 입고 왔다.

"알았다. 아츠야 씨?"

장난스러운 눈으로 이치죠 씨가 묻는다.

"뭐, 그냥."

그녀와는 사적인 이야기도 곧잘 나눈다. 나이대가 비슷하고 둘 다 싱글에 수입도 그런대로 괜찮고, 연인 한 사람과 고양이 한 마리 소유, 라는 신변 상황이 비슷한 데다 집까지 가까워서 이치죠 씨는 여러 면으로 나를 챙겨 준다. 햇감자를 쪘다며 먹어 보라는 둥, 내일 은행에 가는데 시킬 일 없냐는 둥. 미인인 데다 상냥하고 미더운 편집자이다.

"흐음."

이치죠 씨가 생글생글 웃으며 나를 본다.

"드디어 결단 내린 거예요?"

지난 1년간, 아츠야는 계속해서 내게 청혼을 해 오고 있다. 아츠야의 어디가 좋냐면, 바로 그와 같이 참을성 있고 느긋한 점. 하지만 지금은 그런 일로 좋아할 때가 아니다.

"그런 건 아니지만."

나는 힘없이 웃으며 일어났다.

"정말 미안해요, 다음에 천천히 해요."

계산서에 손을 뻗으려는데, 이치죠 씨가 놀라운 속도로 종잇조각을 낚아채고는 갑자기 편집자의 표정으로 돌아가 새치름하게 말했다.

"이건 제가 사요."

나는 그 자리에 선 채 계산대로 걸어가는 이치죠 씨의 씩씩한 뒷모습을 바라보았다. 그녀의 건강하고 어여쁜 장딴지에서 도무지 눈을 뗄 수 없었다.

"홍역일까?"

전화기 너머 엄마는 생각에 잠기는 듯했다.

"수두라면 이미 치렀는데."

그건 나도 기억한다.

"홍역이냐고 묻잖아요."

머큐로크롬은 효과가 없었다. 옷을 벗고 그것을 확인한 순간의 실망과 혐오감이란……. 그러나 그러리란 것은 옷을 벗기 전에 이미 알고 있었다. 면바지는 오른쪽 다리만 꽉 끼고, 퉁퉁 부은 고깃덩이는 그 안에서 괴로운 듯 뜨거운 숨을 토해 내고 있었다. 걷는다는 완만한 운동조차 적응하지 못하고, 한 발 한 발 뗄 때마다 살갗이 터질 것만 같았다.

"치르지 않았나? 그래, 사흘 홍역인가? 그거 너, 앓은 것 같아."

"……그거, 홍역이랑 같은 거예요?"

글쎄, 하고 엄마는 다시 생각에 잠긴다.

"아니면, 사흘 홍역을 치른 건 나츠코이고, 너는 풍진이었나?"

"……."

나츠코는 두 살 아래 여동생으로 결혼하여 지금은 오사카에 살고 있다.

"아니면, 풍진을 다른 말로 사흘 홍역이라고도 했던 것 같은데. 아아, 아마 맞을 거야. 그런 것 같아."

엄마의 '아니면'은 끝없이 이어진다. 나는 수화기를 귀에 댄 채 청각 스위치를 'off'로 돌렸다. 엄마의 목소리는 그저 소리가 되고, 세상은 닫혀 윤곽이 일그러진다. 부어오른 장딴지만이 묘하게도 기운차게 자기주장을 하고 있다. 나 여기 있어, 여기 있어, 여기 있어. 별개의 생물체 같다는 생각이 들었다. 이건 내 다리가 아니다.

"그만, 됐어요."

한숨을 쉬며 말하자 엄마는 갑자기 언짢은 기색으로, 내가 가장 듣기 싫어하는 소리를 한다.

"그게 다, 제대로 안 챙겨 먹어서 그런 거야."

'그게 다'로 시작하여 엉뚱한 방향으로 결론을 끌어내는 건 엄마라는 인종의 고약한 버릇이 아닐까.

"그만 됐다잖아요."

나는 한쪽 손으로 얼굴을 절반 덮었다. 이 이상 괴롭히지 말아요. 수화기를 든 채 부엌으로 가, 냉장고에서 오렌지 주스를 꺼내 컵에 따른다.

"그만 끊을게요. 아버지한테 안부 전해 줘요."

"지금 그 소리, 너 술 마시니?"

아뇨, 라고만 대답했다. 아뇨, 끊을게요. 안녕히 주무세요.

"……교코?"

병원에 꼭 가 봐라, 라고 엄마는 말했다. 그리고 일순 침묵이 흐른 뒤, 다시금 변명처럼 덧붙였다.

"수두 앓은 건 확실한데."

다음 날 나는 병원을 찾았다. 무슨 과에 보여야 할지 몰라서 우선 아는 사람이 간호사로 근무하는 '내과 · 소아과 · 뢴트겐 완비'라는 병원에 갔다. 오른쪽 다리는 갈수록 더 붓고 열도 더 나고, 반점 하나하나마다 희고 작은 고름이 맺혀 있었다. 그 추악한 모습이 나의 공포를 증폭시킨다. 어젯밤은 거의 잠 한숨 못 잤다. 장딴지에 시트만 살짝 스쳐도 불쾌한 통증이 밀려왔다. 얕은 잠은 탁하기 이를 데 없고, 자면서 식은땀까지 흘렸다. 어둡고 음습한 대기실에 앉아 스커트—흐르르한 화학 섬유의, 꽃무늬 롱스커트—밑으로 손을 넣어 힘겹게 호흡하는 부스럼들을 만져 본다. 괴물이다. 오싹해지면서 공포보다 증오가 솟구친다. 머릿속도 마음속도 온통 장딴지 생각으로 가득 찬 내 자신이 한심스럽기 그지없었다. 한심함이 불안이나 공포보다 훨씬 강하고 훨씬 꺼림칙하게 나를 지배했다. 대기실 분위기 하나에 흠칫거리고 싸구려 비닐 레자 소파의 앉음새만으로도 슬퍼지는 꼴이라니.

그날따라 아는 간호사는 비번이라 없었지만 작은 병원인데도 또 다른 간호사가 나와 있었다. 머리가 벗겨지고 키가 큰 연로한 의사가 진찰해 주었는데 진찰은 3분 만에 끝나고, 피부과가 아니라서 알 수 없다는 것이 결론이었다.

"홍역이 아닌 건 확실한데."

절반 웃으며 의사는 말했다. 의사의 웃는 얼굴은 내 기분을 조금도 덜어 주지 않는다.

"독충일지도 모르것네."

갑자기 동네 노인네 같은 말투로 말하고, 의사가 눈살을 찌푸린다.

"독충이요?"

특정한 벌레를 이르는 말인지 아니면 독을 지닌 벌레의 총칭인지 생각하면서 되묻자, 노인네는 거기에는 답하지 않고,

"아니면 뭔가 알레르기 증상인지도."

라고 했다.

"전날 먹은 음식물이 원인일 수도 있고."

무책임하게 말하면서 비누로 꼼꼼히 손을 씻는 그 모습이 나를 한없이 슬프게 한다. 내가 그렇게 더럽나. 마음속으로 말하고, 더러운 거 맞잖아, 라고 농으로 돌리자 왈칵 눈물이 솟았다. 나 자신도 놀랐지만, 두 눈에서 뜨거운 물이 펑펑 솟는 것을 멈출 도리가 없었다.

노인네도 놀란 모양이었다.

그 피부과는 빌딩 2층에 자리하고 있었으며, 대기실이 비좁기로 말하자면 오전에 들른 병원에 비길 바가 아니었다. 대기실 중

앙에 희고 굵직한 사각 기둥이 있고, 환자는 모두 그 기둥을 둘러싸듯이 앉게 돼 있다. 작은 캠프파이어 같다. 기둥에는 '마약 박멸' 포스터와 '에이즈 검사는 간단합니다'라는 포스터가 붙어 있다.

피부과에 와서 보니 아이들 환자가 많다. 엄마 등에 업혀 있다시피 한 어린아이에서부터 고개 숙인 채 이어폰의 리듬에 몰두하고 있는 고등학생까지. 모두 아무렇지 않은 얼굴을 하고 있지만, 벗겨 보면 얼마나 추악한 피부가 드러날지 알 수 없는 일이다. 곪았다느니 짓물렀다느니, 피부병이란 말에는 다른 병에 없는 음습함이 서려 있는 것 같다. 그런 생각이 떠오른 순간, 나는 더욱 비참해진다. 고개를 숙이자 파스텔 핑크의 비닐 슬리퍼에 병원 이름이 금색으로 찍혀 있는 것이 보인다.

순서를 기다리는 동안, 그저께 먹은 음식물을 떠올려 보기로 했다. 그렇게 하면 잠시나마 시름을 잊을 수 있고, 나중에 의사가 물어도 바로바로 답할 수 있다. 그저께—무척 먼 옛날처럼 느껴졌다—그저께, 나는 뭘 했던가. 장딴지가 아직 매끄러웠던 무렵(정말 그런 때가 있었을까?). 나는 까마득한 태곳적 기억을 더듬듯이 그저께 먹은 음식물을 떠올려 본다.

아침…… 토마토 주스, 커피.

점심…… 아이스크림(한참 일하는 중이라서).

그리고 오후 내내 커피, 커피, 또 커피.

저녁…… 프랑스빵 두 조각, 물, 오이 한 개, 토르티야 칩 반 봉지(아직 일하는 중이었기에).

밤중…… 화이트 와인, 조개 와인 찜, 살라미 피자, 아스파라거스 샐러드, 케이크 두 조각(아츠야 몫까지), 그리고 진토닉, 진토닉, 진토닉.

그저께까지만 해도 나는 확실히 그쪽 세계에 있었다. 평화로운 마음으로 술을 마셨다.

아츠야와 나의 공통 항목은 술이다. 특히 진토닉을 무척 좋아해서 양동이로 마시고 싶다느니 큰소리를 친다. 3년 전, 처음 만나던 날도 우리는 술을 마셨다. 아츠야가 브랜디, 내가 매실주. 둘 다 언더록이었던 것 같다. 먼저 입을 연 쪽은 아츠야였다. 이런 데서 매실주라니 아깝다며 괜한 참견을 하고 나섰다. 우리는 비행기 안에 통로를 사이에 두고 나란히 앉아 있었다.

"술을 꽤 하시는 것 같은데, 기왕 마시는 거 평소에 잘 못 먹는 비싼 술이 좋잖겠어요?"

나는 읽고 있던 잡지에 시선을 떨군 채, "하지만 이게 좋아요." 라는 식의 대답을 한 것 같다.

"그래도."

아츠야는 물러설 줄 몰랐다.

"그쪽도 애주가라면, 이것저것 다 시도해 봐야죠. 미각의 견문을 넓힌다고나 할까."

열심히 이야기하는 그 정성에 끌려 잡지에서 얼굴을 들자, 동그스름한 얼굴의 마치 학생처럼 어려 보이는 남자가 나를 바라보고 있었다. 미각의 견문이라…….

"……전, 마시고 싶은 것만 마시는 게 주도라고 생각해요."

"아니, 그래도."

결말 안 나는 입씨름 끝에 결국 나리타 공항에 도착할 때까지 총 몇 잔을 마실 수 있느냐로 결판을 내자고 제안한 사람이 아츠야였는지 나였는지, 그것까지는 잘 기억이 나지 않는다 (지금도 가끔 우리는 이때 이야기를 하지만, 둘 다 자기가 아니었다고 주장한다). 여하튼 주사위는 던져지고, 나리타에 도착했는데, 둘 다 정신은 멀쩡했으나 제대로 걸음을 걷기가 힘든 상황이었다.

그리고 다음 날 저녁에는 도쿄 시내의 한 호텔에서 다시 함께 술을 마셨다.

"마시모 씨."

접수 담당자가 이름을 부르기에 나는 이어폰을 꽂은 고교생

옆을 지나 진찰실 문을 열었다. 기분 좋은 바람. 정면에 창문이 열려 있다.

"어디가 불편하십니까?"

여자의 목소리. 프로 보울러랄까, 프로 골퍼랄까, 어쩐지 그런 느낌이 나는 젊은 여성이 흰 가운을 입고 책상 앞에 앉아 있었다. 중후한 느낌이 나는 큼직한 나무 책상. 여자의 바싹 깎은 손톱에 꽤 화려한 색깔의 매니큐어가 칠해져 있다.

"저⋯⋯."

남자 의사보다 여자 의사에게 보이는 것이 더 한층 용기가 필요하다는 생각이 든다. 나만 그런 건가.

"어제 아침에 일어나 보니, 이렇게 돼서⋯⋯."

나는 작은 갈색 스툴에 앉아 흐르르한 화학 섬유 스커트를 걷어 올리며 말했다.

"우와, 이거 심하네요."

의사는 노골적으로 얼굴을 일그러뜨리며 말하더니, 진분홍색 매니큐어를 칠한 짧은 손가락으로 내 장딴지를 몇 군데 눌러 본다.

"잠깐 실례."

입 안에서 나직이 중얼거리기 무섭게 의사의 손이 스커트 안으로 밀고 들어와 허벅지 밑동을 꾹 눌렀다.

"멍울이 좀 잡히네요."

"멍울?"

"동물 기르시죠? 이거 벼룩이에요, 동물한테 생기는."

손을 빼고 스커트를 내리며 시원시원하게 말한다.

"그래도 좀 심하네요. 이렇게 되긴 드문데."

벼룩. 벼룩. 나는 마음속으로 그 단어를 되넌다.

"벼룩? 벼룩 때문에 이렇게까지 되나요? 보세요. 여기, 장딴지
에만 습진이 아흔한 개나 생겼어요."

"아흔한 군데를 물린 거죠."

의사는 대수롭지 않다는 듯이 말한다. 나는 도저히 믿기지 않
았다. 이게 모두 벼룩의 짓이라니.

"하지만 가렵지가 않아요."

"그야 그렇겠죠, 이 정도면 약간의 충격이자 부상인걸요."

"……."

"약을 처방해 드릴 테니, 우선 벼룩부터 퇴치하시고요. 사흘 후
에 다시 오세요."

망연자실해 있는 내게 의사는 말하더니, 엄마의 매니큐어를 멋
대로 바른 아이 같은 손끝으로 능숙하게 처방전을 적어 주었다.

벼룩. 벼룩.

돌아오는 길 내내, 마치 다른 말은 죄다 까먹은 사람처럼 그 단어만 되뇌었다. 전철 안에서도 버스 안에서도. 소리 내지 않고 반복한 탓에 말은 배출구를 잃고 내 안에 축적되어, 나는 마치 몇만 마리나 되는 벼룩을 머릿속에 풀어놓은 듯한 기분에 사로잡혔다. 이대로 가다간 집에 도착할 무렵에는 뇌 주름에까지 속속들이 벼룩으로 가득 찰 게 틀림없다.

아무튼 이건 믿기 어려운 일이었다. 의사 말마따나 나는 고양이를 한 마리 기르고 있다. 하지만 위스키 (라는 것이 그녀의 이름이다)는 성분이 좋은 고양이로, 벼룩과 친구 먹을 만큼 경박한 고양이가 절대 아니다. 살은 쪘지만 금색 눈을 지닌 월등하게 아름다운 고양이로, 새카만 털은 매끄럽고 보송보송한 데다 끌어안으면 삼사라 향이 난다. 매주 삼사라 보디 숍에서 목욕을 시켜 주기 때문이다. 게다가 그녀 자체가 워낙 깔끔 떠는 성격인지라 노상 털 고르기를 하고 집 안에서는 용변도 한 번 본 적이 없다. 병이 났을 때조차 어김없이 밖에 나가서 볼일을 보고 올 정도이다. 위스키는 프라이드가 강하고 무척 영리하다. 나를 벼룩에게 물리는 따위의 일을 그녀가 할 리 없었다. 무엇보다, 고양이라면 어릴 적부터 길러 와서 익숙하다. 엄마가 동물을 워낙 좋아하기 때문

에. 위스키처럼 뼈대 있는 고양이뿐 아니라, 늙고 지저분한 들고
양이든 한쪽 눈이 찌부러진 가련한 고양이든, 엄마는 눈에 띄는
족족 주워다 길렀다. 그랬어도 우리 자매는 매끄러운 피부 그대
로 잘 자라지 않았는가.

위스키는 여느 때처럼 침대 위에서 몸을 말고 있었다. 비스듬
히 해가 비치는 방에서 다 귀찮다는 듯 고개만 들어, 다녀오셨어
요, 하고 금빛 눈으로 말한다. 멀리서 공사하는 소리가 들린다.

"위스키."

나는 구두를 벗자마자 숄더백을 그 자리에 내려놓고, 위스키
에게 성큼성큼 다가갔다.

"착하기도 하지."

침대 곁에 무릎을 꿇고 앉아 우선 위스키를 부드럽게 어루만
졌다. 매끈매끈한 털, 비로드의 감촉. 위스키가 가르릉 가르릉 목
을 울린다.

"착하기도 하지."

다시 한번 말하고, 이번에는 한 손으로 그녀의 목덜미를 잡았
다. 배의 털을 헤집어 벼룩을 찾는다. 삼사라 향이 부드럽게 감돌
았다. 위스키가 몸을 움찔 떨며, 목덜미 털은 만지지 말라는 듯

온몸으로 싫은 내색을 한다. 나는 손의 힘을 풀지 않았다. 이런 굴욕은 처음이라고 여기겠지. 냐옹냐옹 하며 가느다랗게 항의의 목소리를 낸다.

처음 눈에 들어온 건 벼룩은 아니었다. 벼룩보다 좀 더 작은 검은 점들. 곱게 빻은 후춧가루 같은 점들이 위스키의 온몸에 퍼져 있었다.

그것이 벼룩의 '똥'임을 알았을 때, 나는 너무 놀라 할 말을 잃었다. 벼룩이 있다. 벼룩이 있는 거다. 반사적으로 홱 물러서며 (위스키가 통기듯 일어나 나는 듯이 달려 방구석으로 피난했다), 그 자리에 주저앉았다. 온몸의 힘이 빠져나가는 기분이었다.

얼마나 그러고 있었는지 몰라도 정신을 차려 보니 5시가 지나고, 개축 공사 소리도 이미 그친 뒤였다. 방구석에서 겁먹은 얼굴로 분위기를 살피던 위스키도, 당장 급한 불은 껐다고 판단했는지 둥글게 몸을 만 채 자고 있다. 나는 갑자기 맹렬한 식욕을 느끼며 몸을 일으켰다. 생각해 보니, 어제 아침부터 변변히 먹은 게 없다.

부엌으로 가서 묵묵히 샌드위치를 만들었다. 배아가 들어간 식빵에 버터와 머스터드를 바르고 정육점에서 얄팍하게 썰어 온 햄을 대여섯 장 깐 다음, 사이사이 샐러드 잎을 끼워 넣었다. 그러는 동안에도 토르티야 칩을 와작와작 씹어 먹었다. 와작와작 먹으면서 큼직한 샌드위치를 두 개 만들었다. 각기 삼각 모양으로 이등분한 다음, 부엌에 선 채 뭔가에 홀린 사람처럼 무서운 기세로 전부 먹어 치웠다. 도중에 냉장고에서 생수를 꺼내 벌컥벌컥 마시곤 다시 먹었다. 벼룩이니 위스키니 장딴지에 관한 생각은 일절 하지 않았다. 머릿속은 텅 비고, 나는 그 빈자리에 오로지 샌드위치를 채워 넣었다.

다 먹고 나자 몸 안에 힘이 가득 차오르는 느낌이었다. 그대로 지갑을 쥐고 밖으로 나갔다. 근처 약국에서 살충제 두 종류(스프레이식과 훈연식)와 벼룩 퇴치용 가루, 벼룩 퇴치용 목걸이 그리고 고양이용 샴푸를 구입했다.

"위스키!"

현관문을 열고 이름을 부르자 그녀가 재빨리 경계 태세를 취한다. 금빛 눈에 한가득 불안이 어려 있었다.

"그런 얼굴 해도 소용없어."

나는 개의치 않고 다가갔다. 미친 듯이 도망치는 위스키를 쫓아 온 집 안을 뛰어다닌 끝에 화장실 문 앞까지 몰아넣었다.

"이리 오렴."

언제 그랬냐는 듯 간사한 목소리를 내며 살금살금 다가가선 잔뜩 경직되어 있는 위스키를 와락 덮쳤다.

냐아옹 —.

위스키가 모기 소리와도 같은 소리를 쥐어짠다.

우선 고양이를 씻겼다. 싹싹 문질러 가며 세심하게. 새로 사 온 샴푸는 삼사라보다 거품은 많이 났지만 냄새가 별로였다. 해초 비슷한 냄새. 위스키는 평소처럼 눈을 가늘게 뜨지 않았다. 모들 뜨기 눈을 하고서 코에 힘을 준다. 아아, 고양이는 이런 식으로 '미간에 주름을 만드는구나' 하는 생각이 들었다. 야옹 소리 한 번 내지 않고 가만히 있다.

샴푸질만 세 번 정도 했다. 벼룩은 눈에 띄지 않는다. 서랍에서 플라스틱 빗을 꺼내 샴푸하는 틈틈이 위스키의 털을 빗어 보았다. 모근에서부터 정성 들여. 두세 차례 빗질하고 나서 손맡을 보니, 굵고 시커먼 벼룩 네 마리가 빗살 사이에 끼어 있었다. 오 마이 갓! 나는 마음속으로 소리치며, 눈물겨운 노력으로 마음을 진정시켰다. 공포를 못 이겨 빗을 내던져 버리지 않도록 —.

아무리 그래도 너무 굵다. 더구나 말도 안 되게 뻔뻔스러운 표정을 짓고 있다. 물론 얼굴이 보일 리는 없지만, 뭐랄까, 벼룩은 온몸으로 악마와 같은 뻔뻔함을 자아내고 있었다. 나는 도전하는 심정으로 빗살에 낀 흉물스러운 벼룩들을 응시했다. 이 징그

러운 생물이 나의 오른쪽 다리를 그 지경으로 만든 거다. 석류나
무처럼. 내 피를—헌혈 때 혈청치가 높다고 칭찬 들었던 내 피를
—빨아 먹고서 이렇게 크고 굵어진 거다. 솟구치는 분노로 거의
현기증까지 느끼면서 나는 열심히 빗을 놀렸다. 벼룩은 잇달아
잡힌다. 잇달아, 자꾸자꾸.

　이윽고 샴푸를 마쳤다. 너무 오랫동안 웅크리고 앉아 있던 탓
에 허리를 펴기가 쉽지 않았다.

　청소하는 데만 두 시간 반이 걸렸다. 침대 밑에서부터 신발장
속, 텔레비전 뒤쪽이며 바닥에 쌓아 둔 책 더미 틈새까지 샅샅
이 쓸어 내고 걸레질을 했다. 놀랍게도, 찬찬히 살펴보니 여기저
기에 벼룩 똥이 떨어져 있었다. 그때마다 소름이 크게 돋았지만,
'피하지 않겠어, 절대 피하지 않아' 하고 투지를 불태웠다.

　다음은 세탁이다. 시트, 커튼, 베개 커버, 잠옷, 목욕 타월, 사라
사 침대 커버. 세탁기를 네 차례나 돌려 가며 천이란 천은 모조리
빨았다. 입고 있던 옷도 전부 벗어 함께 넣고 깨끗이 빨았다.

　폭풍과도 같은 밤이었다. 욕조에 뜨거운 물을 받아 내 몸과 머
리카락을 평소보다 공들여 씻고 나와 보니 이미 아침이 되어 있
었다. 커튼을 벗겨 낸 베란다 창문으로 회색 하늘이 보인다. 나는
젖은 머리 그대로 티셔츠 한 장만 걸쳐 입고 베란다에 나갔다. 서

늘하고 청결한 아침 공기. 멀리 물기 머금은 녹음이 흔들리고 있다. 뭐라 말할 수 없는 충족감. 살 것 같다는 말을 처음으로 실감했다. 벼룩을 퇴치한 것이다.

냐아옹.

유리문 안쪽에서 위스키가 운다. 화장실에 가고 싶으니 열어 주세요, 라는 신호다. 어젯밤 내내 가둬 두었다.

냐아아옹.

크게 벌린 입. 불만을 토로하고 있는 거다. 조그만 아래턱에 돋아난 깔쭉깔쭉 톱니 진 작은 이. 미묘美猫에 어울리지 않게 조그만 벼룩 퇴치용 목걸이를 하고 있는 모습이 애처로웠다. 정말이지 못 할 짓을 하고 말았다. 나는 갑자기 가슴이 저려와 유리문을 열고 위스키를 안아 올렸다. 더 이상 삼사라 향은 나지 않았다. 그 대신, 검고 보송보송한 몸에서 소다 비슷한 냄새와 해초 냄새, 그리고 목걸이에 발라진 약품에서 나는 싸구려 마시멜로처럼 달짝지근한 냄새가 감돌았다.

냐옹.

위스키가 몸을 비틀며 나의 양팔을 거부하더니 콘크리트 바닥에 폴짝 내려앉았다. 철책을 빠져나간 위스키가 굿바이 — 라는 듯이 동틀 무렵의 동네로 뛰쳐나간다.

사흘 후에 다시 피부과를 찾았다. 장딴지의 부기는 완전히 가라앉아 있었다. 약효가 있었던 모양이다. NF121이라 적혀 있던 하얀 알약과 투명감이 있는 유백색 연고. 붉은 반점은 여전히 남아 있었지만 바깥쪽의 연붉은색 이중 원은 사라지고 없었다. 다시 열흘치 약을 처방받았다. 의사의 손톱은 오늘도 역시 강렬한 핑크색이었다.

집에 돌아오자 아츠야가 와 있었다. 바닥에 아무렇게나 드러누워 캔 맥주를 마시면서 잡지를 넘기고 있다.

"어쩐 일이야?"

정말로 뜻밖이었기에 그렇게 물었다.

"어쩐 일이라니."

아츠야는 등을 보인 채 언짢은 듯이 말한다. 맨발 끝이 우스우리만치 하얗다. 바로 옆에 돌돌 말린 감색 양말이 떨어져 있다.

"내가 전화를 얼마나 했는데. 자동 응답 메시지, 들었을 거 아냐."

그러고 보니, 하고 나는 멍하니 생각한다. 벼룩에 물리고 나서부터 닷새 동안, 전화는 줄곧 자동 응답기로 돌려놓은 상태였다.

"어디 갔었어?"

팔락 소리를 내며 잡지를 넘긴다.

"아니면 있으면서 일부러 없는 척한 거야?"

잡지 따위 읽지도 않으면서. 토라진 얼굴이 보이는 것 같다.

"미안해."

그럴 정신이 아니었다는 말은 하지 않았다. 아츠야의 뒤통수가 너무 반갑고 사랑스러웠다. 문으로 약한 바람이 불어 든다. 그동안 아츠야를 까맣게 잊고 있었다. 그런가, 오늘이 토요일이었나?

"바람이라도 피우는 줄 알았어?"

바닥에 무릎을 꿇고 앉아 머리를 꼭꼭 끌어안으며 말하자, 아츠야가 피식 웃는다.

"뭐야. 죽은 줄 알았잖아. 넘어지면서 머리를 부딪쳤다느니 욕조 안에서 잠자다 익사했다느니, 그런 일 종종 있잖아. 혼자 사는 할머니, 사망한 지 일주일 만에 발견, 어쩌고 하는."

⋯⋯이 사람, 날 뭘로 여기는 거지?

"할머니?!"

그래도 역시 안심은 됐다. 내가 넘어져 머리를 부딪쳐 죽거나, 욕조에서 잠이 들어 죽더라도 이 사람이 틀림없이 발견해 줄 테니까.

얼린 보드카를 마시면서 우리는 이른 저녁을 먹었다. 아츠야가 삶은 스파게티, 아츠야가 만든 토마토소스. 아츠야가 스파게티를 만드는 동안, 내 역할은 치즈를 강판에 가는 일과 피클을 잘게 써는 일이 전부였다. 텔레비전 뉴스는 우리가 좋아하는 배경음악이다. 볼륨을 최대한 줄여 켜 둔다. 공허하게 빛바래 보이는 텔레비전 화면이 장난감 같아서 재밌다.

"아아, 잘 먹었다."

아츠야가 의자 뒤로 몸을 젖히며 마늘 냄새 나는 숨을 토한다.

"해가 없어졌네."

베란다 너머로 보이는 저녁 하늘은 아직 밝았다. 6월의 저녁답게.

접시를 옮기려는데 아츠야가 앉은 채 내 허리를 끌어안는다.

"목욕하자."

내 배에 얼굴을 묻고 말하는 순간, 나는 온몸이 경직되었다. 목욕. 목욕. 그랬다. 까맣게 잊고 있었다. 우리는 늘 함께 목욕을 해 왔다.

"곧……."

허풍이 아니라 목소리가 조금 떨렸다.

"곧 들어갈게."

아츠야의 머리를 밀어내며 팔을 풀었다. 이토록 동요하는 내 자신에게 놀랐다.

"천천히 해."

부엌으로 걸어가면서 되도록 태연하게 말한다. 사실 대단한 일도 아니잖은가. 그런데도 이렇게 동요하다니 바보 같다.

"그거, 나 혼자 하라는 소리?"

아츠야가 불만스러운 듯이 말한다. 나는 식기를 개수대에 놓고 물을 틀었다. 접시에 남은 토마토소스가 주변에 튄다. 오른쪽 장딴지에만 아흔 개의 붉은 반점. 허벅지에도 배에도 팔 안쪽에도 오톨도톨 빨갛고 동그랗게 부풀어ㅡ. 내가 봐도 소름이 끼친다. 웃을 일이 아니다.

"바로 그거야. HELP YOURSELF."

허세를 부려 그렇게 대답하자, 귀 뒤에 미지근한 숨결이 와 닿았다. 돌아보니 코앞에 아츠야가 양손에 식기를 들고 서 있다.

"뭐야. 아직 생리 중인 건 아니겠지?"

아츠야가 달콤한 목소리로 코를 울리고 등을 감싼다. 잠깐 잠깐, 위험하잖아, 라고 말하면서 나는 몸을 틀어 식기만 받아 들고 데걱데걱 설거지를 시작했다. 모공 하나하나가 아츠야의 시선을 의식한다. 나의 온몸이 오른쪽 장딴지가 돼 버린 듯한 기분이었다. 등이 심하게 긴장한다. 성난 파도처럼 밀어닥치는 위기감ㅡ 아츠야는 겉보기와 달리 와일드하다ㅡ에 심장이 고장 날 것 같왔다. 뻣뻣한 청바지는 나의 정조대나 마찬가지다.

아츠야가 떨떠름하게 부엌을 나가고, 나는 안심하는 동시에 —안심할 새도 없이 —진저리를 치고 말았다. 목욕의 위기가 사라지고 나니 침실의 위기가 기다리고 있었다. 더구나 그건 하룻밤 내내 지속된다. 다행히 오늘 밤을 넘긴대도 내일, 내일을 넘겨도 모레가 떡하니 기다리고 있다. 이렇게 성가신 일이 또 있으랴.

헤어지자. 그렇게 하면 단번에 해결 난다.

아주 짧은 순간이었지만, 거기까지 생각이 미친 내 자신에게 놀랐다. 너무 안이한 사고 회로를 진심으로 반성한다. 아츠야와는 결혼까지 생각하고 있는데. 아츠야는 자상하다. 인생관도 적극적이고 무엇보다 미더운 사람이다. 그에 비하면 나는 단락적이고 무척 경솔하다. 반성할 거리는 얼마든지 있었으므로 막힘없이 반성을 마치고, 그러면서도 머릿속으로는 헤어지려고 생각한 방금 전의 현실이 묘하게 또렷한 기억으로 새겨지는 것을 느꼈다.

"오늘은 그만 돌아갈게."

아츠야가 거실에서 한마디 툭 던졌다.

이튿날 아침, 나는 비명과 함께 눈을 떴다. 벼룩 꿈을 꾼 것이다. 수많은 벼룩이 얼굴 위를 기어 다니고, 소리를 지르려고 입을 벌리자 입 안에까지 들어온다. 나는 비명을 지르며 꿈속에서 반 미친 듯이 침을 뱉었다. 손가락을 혓바닥 안쪽까지 쑤셔 넣고 튀어 들어온 벼룩들을 죽을힘을 다해 긁어내려 한다. 그러다 잠에서 깨어난 나는 눈물범벅이 되어 있었다. 꿈인 줄 알고 나서도 입 안의 불쾌감은 가시지 않고, 오열이 공포로 바뀌어 버린다. 나는 두 손으로 얼굴을 덮었다.

한동안 그대로 꼼짝 않고 꿈의 감촉이 파도처럼 물러가길 기다렸다. 이런 꿈을 꿀 줄 알았다면 어젯밤에 자살했을 텐데ー. 온 얼굴이 땀과 눈물과 침으로 범벅이 된 채 오열하며 진심으로 그렇게 생각했다.

두 손을 얼굴에서 조심조심 떼고 안도와 피로의 한숨을 쉬며 머리카락을 쓸어 올린 순간, 나는 꿈보다도 무서운 것을 보았다. 왼쪽 팔 안쪽이 팔꿈치에서부터 손목에 걸쳐 온통 붉은 이중 원으로 뒤덮여 있다. 열감을 띤 부기. 다시 볼 것도 없이 요전 날 장딴지에 생긴 것과 똑같은 이중 원이다.

이런 기막힌 노릇을 봤나.

꿈이라고 생각했다. 꿈의 연속이 틀림없다고. 그러나 나의 응시 따위 아랑곳없이 이중 원은 이중 원 그대로 당당하게 그 자리에 남아 있었다. 희고 부드러운, 굳이 말하자면 살집 좋은 나의 팔 안쪽에.

보나마나 나는 불같이 무서운 얼굴을 하고 있었으리라. 벼룩에 대한 증오감이 뻗친 나머지 거의 졸도하기 일보 직전이었다. 홑이불을 걷어 내고 네 발로 기며 벼룩을 찾는다. 시트 주름을 펴고 베개 커버를 벗겨 내고, 사라사 침대 커버의 실을 한 올 한 올 손톱으로 긁어 가면서. 그러나 눈에 띈 것이라곤 벼룩의 똥뿐이었다. 벼룩들은 인간을 우롱하고 비웃기라도 하는 듯이 잔뜩 똥을 싸 놓았다. 죽여 주마 죽여 주마 죽여 주마. 반드시 잡아서, 하나 남김없이 모조리 죽여 주마.

나는 천천히 침대에서 내려왔다. 현실처럼 생생한 악몽 그 이후는, 악몽처럼 기괴한 현실이었던 거다. 대체 어디가 내가 사는 장소란 말인가. 증오심만이 소리도 없이 내 몸을 파고든다. 더러운 벼룩들도, 태연한 얼굴로 벼룩들을 흩뿌린 위스키도, 아무 짝에 쓸모도 없는 벼룩 퇴치용 가루도 목걸이도 샴푸도, 그것들을 팔아먹은 약국 영감도, 그리고 이런 실상을 모른 채 열의 없이 살아가는 다른 모든 사람들도, 모조리 다 미웠다. 죄다 미워 죽을 지경이었다.

벼룩과의 전쟁이 내 생활의 일 순위가 되었다. 청소와 세탁과 고양이 목욕은 매일 반복되고, 나는 어딜 가든 스프레이식 살충제를 들고 다녔다. 앉기 전에 의자 주위에 뿌리고, 자기 전에 침대 안에 뿌리고, 화장실에 들어갈 때도 미리 뿌려 둔 다음 들어간다. 열흘치 연고는 나흘 만에 동이 나고, 새로 약을 타러 가자 의사는 두려움과 동정이 섞인 눈으로 내 팔을 보더니 고양이를 어떻게 좀 해 보라는 말만 했다. 나는 맨살을 내놓기가 너무 겁이 난 나머지, 노상 긴 소매, 긴 바지 차림에 바지 자락은 두꺼운 양말 속에 집어넣고 생활했다. 6월도 중순이 지나고 보니 심하게 무더운 날도 있어서 그런 날은 일찌감치 에어컨을 틀어 놓고 견뎠다.

놀라운 것은 위스키에 대해 거부 반응을 보이게 되었다는 사실이다. 나는 하루 한 번 목욕시킬 때 외에는 그녀에게 손끝 하나 대지 않았다. 그 까맣고 북실북실한 몸 —속속들이 무수한 벼룩을 품은—을 끌어안는다는 생각만으로도 온몸의 털이 곤두섰다. 일찍이 그 보송보송한 물체를 애무하고, 뺨에 닿는 털의 감촉을 즐겼다는 기억만으로도 먹은 게 올라오려고 했다. 그것도 이성적인 차원이 아니라 생리적인 차원에서. 위스키도 손바닥 뒤집듯 변모해 버린 나의 살기등등한 기세에 겁을 집어먹고 일절

다가오지 않았다. 이래서야 새끼 때부터 한 침대에서 잠을 잔 고양이와 주인이라고 누가 믿을까. 나에게 위스키의 존재는 이미 공포 이외의 아무것도 아니었다. 따라서 그녀를 밖에 내놓을 때면 이대로 돌아오지 않으면 좋겠다는 생각까지 했다. 그러나 순종적인 위스키는 매번 꼬박꼬박 집을 찾아 들어왔다.

나의 에너지란 에너지는 죄다 벼룩과의 전쟁에 —혹은 벼룩에 대한 강박 관념과의 전쟁에 —소비되었기 때문에, 필연적으로 일에 소홀해질 수밖에 없었다. 원고용지의 칸을 메우는 것만 해도 훌륭하달 정도여서, 두 권 보내 한 권 퇴짜 맞는 게 오히려 행운(이랄까, 오히려 분개해야 마땅하다)이었다. 팔다리의 습진을 볼 때마다 이 흉측한 알갱이들이 사라지기만 한다면 다른 건 다 필요 없을 것 같았다. 매끈매끈한 피부로 돌아가 다시 연인과 끌어안을 수 있다면, 다른 건 아무래도 좋았다. 매끄러운 피부에 비하면, 이제껏 그토록 소중히 여겨 온 문장의 리듬이니 언어의 아름다움이니 하는 것들도 죄 아무려나 상관없는 일이었다. 그와 같은 인식이 내 인생을 거의 뒤엎어 버리고 말았다.

자동 응답 전화에는 매일같이 아츠야의 목소리가 녹음되고 있었다.

연락 줘.

그는 매번 다른 방법으로 결국 같은 말을 반복한다.

연락 줘.

때로는 화난 목소리로, 때로는 상처 입은 목소리로. 나는 그것을 슬퍼하지도 않을 뿐더러 기뻐하지도 않고, 그다지 미안한 마음도 없이 흘려듣는다. 매끄러운 피부를 되찾아 연인과 자고 싶다는 나의 절실한 바람은 희한하게도 아츠야와는 아무런 상관이 없었다.

고양이를 아무리 씻기고 또 씻겨도 벼룩은 사라지지 않았다. 집 안 어딘가에 벼룩이 있다는 생각에 전전긍긍하며 사는 심정이 어떤 것인지, 얼마나 절박한 것인지, 삼십 년 가까이 살아오면서 상상 한번 해 본 적이 없었다. 이러고 있는 동안에도 양말 솔기 사이에 숨어 있을지 모른다는 생각에 옷을 죄 벗어 점검하고, 이제 막 무릎으로 튀어 들어왔을지도 모른다며 울고 싶은 심정으로 샤워를 한다. 제발 부탁이니 내게 오지 말아 달라고, 결국엔 벼룩을 향해 애원하고야 만다. 보이지 않는 적에게 머리 조아리며.

그리고 그날 나는 불현듯 깨달았다. 위스키가 벼룩을 낳을 리는 없을 테니 그녀가 어딘가에서 벼룩을 받아 오는 거다. 내가 바지런히 피부과에 다니면서 약을 받아 오는 것처럼 ―. 간단한 일이다. 내가 그녀에게 사다 주어야 할 것은 벼룩 퇴치용 가루도 목걸이도 아니라, 고양이용 화장실과 그곳에 까는 모래, 그리고 탈취제였다. 위스키가 밖에 나가지 않아도 되게끔, 벼룩들이 집 안으로 들어오지 않아도 되게끔.

하던 청소를 도중에 집어치우고, 나는 펫 숍까지 자전거를 달렸다. 달리면서 마음속으로 주문처럼 되뇌었다. 뭐든지 하겠어, 뭐든지 하겠어, 뭐든지 하겠어.

필요한 물건을 주저 없이 고르고, 왔다 하면 구경하느라 으레 30분은 지체하는 그 단골 가게를 5분 만에 뛰쳐나왔다. 우리 속 새끼 강아지며 고양이들에게 벼룩이 없을 리 없다. 나는 단 한 마리도 귀엽다는 생각이 들지 않았다. 으으, 무서워라 무서워. 동물은 모두 벼룩을 가지고 있다.

예상대로 위스키는 새로 사 온 화장실에 눈길 한 번 주지 않았다. 안아 올려 안에 넣어 줘도 자못 경멸하는 듯이 흥, 하고 코를 울리며 뛰쳐나와 버린다.

"좋아, 그렇게 고집 피워 봐라. 창문은 절대 안 열어 줄 테니까."

나는 엄연한 태도로 말한다.

"너 그러다 방광염 걸린다."

위스키는 새치름한 표정을 짓고 있다.

밤이 돼도 위스키는 화장실을 사용하지 않았다. 방구석에서 얌전히 자고 있다. 밖에 내보내 달라고 호소해도 소용없다는 것을 알자 두 번 다시 조르지 않았다. 어쩜 이리 고집스러울까. 나는 낮에 하다 만 청소를 계속하면서 위스키의 자는 얼굴을 곁눈질로 노려본다.

"저 왔어요—."

현관벨 소리에 이어 경쾌한 목소리가 났다. 문을 열자, 이치죠 씨가 생글생글 웃으며 서 있다.

"어쩐 일이에요? 그 심한 옷차림."

신을 벗고 성큼성큼 집 안으로 들어서며, 청소? 이 시간에 이웃에 폐잖아요, 라며 나무라듯이 설교했다.

"자, 이거, 선물."

내민 갈색 봉투에 반들반들하고 동그란 버찌가 들어 있었다.

냐옹.

위스키가 유리창에 얼굴을 비비며 갑자기 어리광 부리는 듯한 소리를 낸다.

"어머나, 위스키, 밖에 나가려고?"

이치죠 씨가 고양이에게 다가간다.

"안 돼!"

나는 고함을 쳤다. 내 자신도 깜짝 놀랄 만큼 성난 목소리였다.

"안 돼요. 위스키 내보내지 마요. 새 화장실, 샀거든요. 버릇 들이려고."

플라스틱 상자를 가리키며 말하고, 그 말이 마치 변명처럼 울려, 제풀에 초조해지고 만다. 이치죠 씨가 눈을 동그랗게 뜨고 돌아본다.

"응? 왜 그래요? 깜짝 놀랐잖아요, 갑자기 큰 소리를 쳐서."

이치죠 씨는 찰랑찰랑한 머리카락을 흔들며 미소 짓고, 일 때문에 스트레스 받았군요, 라고 말한다.

"오자와 씨가 그러데요. 교코 씨 원고, 기대 밖이라 채택 안 했다고."

전전긍긍하면 안 되는 거 알죠? 라며 이치죠 씨는 천사의 목소리로 말한다.

"오자와 씨는 몰라요, 교코 씨 문장의, 뭐랄까, 신선한 감각을."

신선한 감각?! 이 얼마나 진부하고도 공허한 칭찬인지. 대관절 이 사람은 어쩜 이리 말도 잘하는지. 나에 대해 전부 아는 듯한 말투다.

"……그래도, 위스키한테 화풀이하는 건 가여워요. 갑자기 용변 훈련이라니, 억지로 하면 안 될 거 뻔히 알잖아요."

외국어로 지껄여 대는 것처럼 들렸다. 감색 원피스에 하얀 스

156

타킹, 진주 귀걸이에 가느다란 금반지. 이치죠 씨는 내 눈에 마치 딴 세상 사람 같았다.

"무엇보다, 위스키는 절대 집 안에서 용변을 보지 않잖아요? 교코 씨가 자랑했으면서. 그런데 이제 와서……."

나는 당장 티셔츠 소매를 걷어 올리고 팔에 생긴 습진을 보여 주고 싶었다. 청바지를 벗어 던지고 차라리 알몸으로 서 있어 주고 싶다.

이번 일로 확실하게 알게 된 사실이 있다. 세상은 크게 둘로 나뉜다는 것. 벼룩에 물린 인간 세상과 벼룩에 물리지 않은 인간 세상으로.

"교코 씨?"

이치죠 씨가 불안한 듯이 내 얼굴을 들여다본다.

"무슨 일 있어요? 피곤해 보여요."

나는 힘겨운 노력으로 침묵했다. 조금이라도 말을 흘리는 날엔 성을 내든가 소리치든가 울든가 혹은 그 전부이든가, 여하튼 돌이킬 수 없는 추태를 보이게 될 것이기에.

"알았다! 이달 분 연재, 아직이군요?"

이치죠 씨가 밝은 목소리로 말한다.

"심야 청소로 현실 도피?"

"······부탁이니."

나는 벼룩에 대한 심정 못지않게 정중히 애원했으나, 이치죠 씨의 귀에는 닿지 않았다. 그녀는 가벼운 발걸음(그리고 티 하나 없는 장딴지)으로 부엌으로 사라진다.

"커피 타 드릴게요."

제발 부탁이니 돌아가 줘요, 라고 말하고 싶었으나 기운이 남아 있지 않았다.

나는 곧장 밖으로 나왔다. 이치죠 씨가 방 안의 공기를 전부 빨아들이고 말 테니 거기 더 있다간 호흡 곤란이 일어날 판이었다. 엘리베이터를 타고 내려가 밤길을 어슬렁어슬렁 걷는다. 보름달에 사흘 못 미치는 둥근 달이 머리 위에 떠 있다. 갈 곳도 없고 그렇다고 되돌아갈 수도 없어 나는 그저 발길 닿는 대로 집 부근을 걸었다. 여름의 어둠은 습기가 많고 밀도가 낮다.

자판기에서 담배를 사 가지고 전신주에 기대 피웠다. 가로등에 비친 내 그림자가 쓸쓸해 보이면서도 어쩐지 코믹했다. 불량 중학생 같다고 생각한 순간 서글퍼졌다. 연거푸 네 개비를 피웠다.

도로 반대편의 공중전화가 눈에 들어오고, 나는 갑자기 아츠야의 목소리가 듣고 싶어졌다. 거친 듯해도 건조한 느낌이 아니라 촉촉함이 느껴지는 커다란 음성.

접이식 문을 밀고 전화박스에 들어가 전화 카드를 넣고 번호를 눌렀다. 이 시간이면 아마 텔레비전을 보고 있겠지. 진토닉을 마시면서. 문화계 인사의 정치 토론이라든지, 50년도 전의 영화라든지, 아츠야는 심야 프로그램을 좋아한다. 어쩐지 평화롭고 마음이 편해진단다. 나로서는 그 느낌이 잘 와닿지 않는다. 다만 그런 프로그램을 보고 있는 아츠야를 보는 게 나는 좋다. 물론, 진토닉을 마시면서. 어쩐지 평화롭고 마음이 편해진다.

숫자를 네 개 눌렀을 즈음 갑자기 싫증이 나서 손을 멈추고 수화기를 내려놓았다.

요란한 사인 소리와 함께 공중전화 카드가 쑥 빠져나온다. 이렇듯 마음 둘 곳 없을 때만 전화하다니, 염치없고 한심하다는 생각이 들었다. 정말로 한심하다.

공중전화 박스를 나와 달을 올려다보며 조그맣게 숨을 토한다. 아츠야는 대체 나의 어디가 좋다는 건지. 집으로 돌아와 보니 이치죠 씨는 이미 가고 없었다.

이튿날 아침, 주의 깊게 살펴보았으나 집 안에 배설물의 흔적은 없었다. 예상은 했지만, 그래도 무척 실망했다. 화장실이 싫으면 바닥이든 의자 위든 침대 위든 좋았다. 어디든 좋으니까 어딘가에 용변을 봐 주었더라면……. 간단한 일 아닌가. 갓난아이도 할 수 있는 일이다. 물도 분명히 먹었고, 집 안에 종일 가둬 두었다. 그러나, 그럼에도, 위스키는 요의에 굴하지 않았다. 밤새도록.

"뭔 고집이니?"

나는 어느새 울먹이고 있었다.

네 화장실은 밖이란다.

애초에 그렇게 가르친 사람은 나다. 집 안에다 싸면 용서 안 할 거야, 라고.

위스키는 창가를 왔다 갔다 하며 야옹야옹 요란하게 울어 댄다.

"바보 같은 고양이."

나는 흐느끼면서 베란다 창을 열었다. 그리고 뛰쳐나가는 위스키를 바라보았다. 옆집 베란다 화분에 나팔꽃이 펴 있다. 담박한 붉은색이 눈에 스민다. 그대로 붉은 기운이 둥실 부푸는가 싶더니 눈물이 되어 자꾸자꾸 흐른다. 나는 주저앉아 두 손으로 얼굴을 감싼 채 감정을 토해 내듯이 울었다. 목구멍이며 가슴이 천식을 앓는 아이처럼 애달픈 소리를 낸다.

고양이를 좋아한다고 생각했다. 도대체 어쩌자고 그런 오해를 했을까. 고양이에게 품고 있던 (있었을) 애정이, 이렇듯 간단히, 이렇듯 싱겁게 무너져 버리다니. 고작 그 정도였던 거다. 정말이지

고작 그 정도.

실내로 들어오자 아무 소리도 안 났다. 매일매일 청소하고 세탁한 덕분에 아주아주 청결한, 그러나 너무 뿌려 댄 살충제 탓에 바닥이 조금 끈적끈적한 거실에 우두커니 서서 생각한다. 위스키는 여기서 밤새도록 무슨 생각을 했을까? 자신의 몸에 밀어닥친 이 갑작스러운 재난을 그녀는 어떻게 받아들이고 있을까? 주인과의 사랑 넘치던 생활은 단지 환상이었을 뿐 모든 것이 착각이었다고, 영리한 그녀는 이미 깨달았을까? 저를 향한 나의 애정이 사라진 게 아니라, 처음부터 그런 건 없었다고.

부엌으로 가자 냉장고 문에 포스트잇이 붙어 있었다.

'문제없어요, 교코 씨라면 쓸 수 있어요!'

여백에 생글생글 웃는 얼굴 그림이 그려져 있다. 나는 기분이 영 엉망이었다. 무슨 이런 기묘한 메시지를. '문제없어요, 교코 씨라면 쓸 수 있어요. 문제없어요, 교코 씨라면 쓸 수 있어요. 문제없어요, 교코 씨라면······.'

편집자로서도 친구로서도, 이건 분명 그녀의 진심에서 우러난 메시지다. 그런데도 내게는 이웃집 베란다의 나팔꽃 화분가를 기어 다니던 개미만큼의 의미도 못 된다. 메모 글씨는 그저 하나하나가 마치 상형 문자처럼 진기하고 희한한 기호일 뿐이었다.

벼룩에 물리고부터 줄곧 내 주변에는 막이 껴 있다. 일도 그렇고 이치죠 씨도 그렇고, 모두 막 바깥쪽의 이야기였다.

냉장고에서 우유를 꺼내 컵에 절반가량 따라 마신다. 차가운 액체가 목구멍을 지나 위장으로 내려간다. 나는 눈을 감고 그 느낌을 확인했다. 단지 우유만이 신뢰할 수 있는 현실 같았다. 막의 안쪽이라도 우유는 현실이다. 이치죠 씨를 좋아한다고 생각했다. 상냥하고 예쁘고 능력 있고, 서로가 서로를 무척 신뢰하고 있다고 여겼다. 빈 컵을 테이블에 내려놓고 손등으로 입을 닦는다. 어깨로 조그맣게 숨을 토한다. 하지만 이제 와 생각하니, 나는 이전부터 그녀의 옷차림이 맘에 들지 않았던 것 같다. 컵 안쪽에 희뿌연 자국이 남아 있다.

세 번째 물렸을 때, 나는 신경이란 마모되는 것임을 절실히 실감했다. 열감을 띠고 도돌도돌 부풀어 오른 무수한 이중 원을 보고도, 이번엔 비명도 지르지 않았을 뿐더러 그리 놀라지도 않았다. 왼쪽 다리가 발목까지 땡땡 붓고, 더군다나 배에서 허리에 걸쳐 아주 심하게 물렸지만 어쩐지 더 이상 한탄할 기력이 남아 있지 않았다. 오히려 이렇게 되기를 마음속 어딘가에서 기다리고 있었던 듯싶다. 두려워하던 일이 막상 현실이 되어 나타나자 그

간의 두려움에서 해방되어 편안해진 듯한 기분마저 들었다. 싸울 기력은 이미 손톱만큼도 남아 있지 않았다. 벼룩에 대한 증오심도 생겨나지 않았다.

단지 한 사람, 피부과의 의사만이 마음 아파했다. 이 지경이 되다니, 어지간히 고약한 벼룩이네, 하고 미간을 찌푸린다. 벼룩에 의한 심각한 피해 사례로 사진이라도 찍어 두고 싶단다.

"그러세요."

내 말에, 의사는 딱하다는 듯한 얼굴로 황급히 고개를 흔들었다.

"설마요, 농담이에요."

나는 아무려나 상관없었다.

바르는 약이 두 종류로 늘어나고 (이전부터 바르던 반투명 연고에 더하여, 냄새도 모양도 꼭 포스터컬러 물감 같은 희고 끈적끈적한 약도 바른다. 덧바르는 거라, 반투명 연고가 흰 연고를 밀어내서 바르는 데 조금 애를 먹지만, 바른 순간의 시원한 감촉은 기분 좋다), 체질 개선을 위한 현미식을 권유받았으나, 벼룩 때문에 굳이 식생활까지 바꿀 생각은 없었다.

어디 물어 보라지. 어차피 내 몸의 표면적은 유한하다.

나는 피곤한 머리로 멍하니 그런 생각을 했다. 편안한 마음이었다.

그래서 이삼일 지나 아츠야가 찾아왔을 때도, 나는 웃는 얼굴로 그를 맞았다. 일단 맨살이 보이지 않도록 여름 스웨터와 너풀너풀한 롱스커트를 입긴 했지만, 더 이상 긴 소매, 긴 바지, 두꺼운 양말 차림은 아니었고, 플라스틱으로 만든 위스키의 화장실은 이미 대형 쓰레기로 내놓은 후였다.

"보고 싶었어."

나는 솔직하게 말하고 현관에서 아츠야의 얼굴을 말끄러미 바라보았다. 그리운 연인의 얼굴을 오랜만에 보게 되어 기뻤다.

"뭐야."

아츠야가 나한테서 눈을 돌리며 당황스럽다는 듯이 말한다.

"지금 그런 말이 나와?"

화났냐고 묻자 부루퉁한 얼굴 그대로, 당연하지, 라고 사납게 내뱉었다.

"그래, 당연해."

그래도 난, 아츠야가 나를 용서해 주리란 것을 알았다.

"미안해."

"사과한다고 될 일이야, 이게."

아츠야는 성큼성큼 집 안으로 들어서며 말했다. 그러나 그 목소리는 이미 위기가 사라졌음을 고하고 있었다.

밤 10시가 지났는데 아직 저녁밥을 못 먹었다는 아츠야를 위해 오차즈케(녹차를 부은 밥_옮긴이)를 만들기로 했다. 오차즈케면 되겠냐는 물음에 그렇다고 대답한 아츠야였으나, 이제부터 쌀을 씻어 안쳐야 한다는 것을 알고는 밥이 될 동안 손수 진토닉을 만들고 냉장고에서 오이를 꺼내 안주 삼아 베어 먹었다.

"오늘도 돌려보내면 헤어질 생각이었어."

의자 위에 무릎을 세우고 앉아 말한다.

"각오하고 온 거야. 이런 여자 이제 지긋지긋하다고."

나는 부엌에서 쌀을 일며, 응, 이라고만 대답했다. 틀린 말 하나 없다.

"몇 번을 전화해도 연락은 안 되지, 교코한테선 아무 소식도 없지."

"응."

나는 고개를 끄덕인다. 내 잔과 라임을 가지고 거실로 가서 아츠야의 잔소리를 끝까지 듣는다. 지난 몇 주 동안 아츠야가 얼마나 속을 끓였는지, 내가 얼마나 제멋대로였는지, 그리고 평소에 내가 얼마나 무책임하게 행동했는지.

응, 응, 하고 고개를 끄덕이면서도 내 귀는 아츠야의 '좌우지

간'이라는 말과 '언제든'이라는 말을 흘려듣지 않았다. 술잔의
얼음을 달그락거리는데 희미한 위화감이 귀에 남는다.

"잠깐, 채널8 좀 틀어 봐."

아츠야는 정말 맛있다는 듯이 오차즈케를 후루룩거린다. 야구
뉴스를 보면서 평화로운 얼굴로.

식사를 마치고, 우리는 오랜 키스를 나누었다. 오차즈케 때문
에 아츠야의 입 안이 놀랄 만큼 뜨겁다.

"차가운 입이로군."

아츠야가 말했다. 큼직한 손이 스커트 위 엉덩이를 움켜쥔다.

"교코."

순간, 내 눈 속에 뻘겋게 부어오른 장딴지의 이미지가 떠올랐
다. 배에서 허리에 걸쳐 빽빽하게 뒤덮인 추악하고 눅눅한 부스
럼들. 왼팔과 오른쪽 다리에도 엄청나게 많은 흔적이 남아 있다.

나는 급히 몸을 뗀다. 아츠야가 놀란 양 나를 보았으나, 이내
괴로운 듯이 얼굴을 외면했다.

"또야."

거의 한숨처럼 말한다.

"왜 그러는데?"

나는 아무 말 하지 못했다.

"정말 뭔데, 도대체."

맥 빠진 목소리였다.

"……."

나도 아츠야도 아무 말 없이 진토닉을 마셨다. 야구 뉴스의 생뚱맞게 밝은 소리가 방 안을 채운다.

"벼룩한테 물렸어."

어쩔 수 없이 털어놓았다.

"……벼룩?"

사태 파악이 잘 안 된다는 표정으로 아츠야가 되묻는다.

"위스키한테 벼룩이 생겼어. 그래서 팔이랑 다리랑 심하게 물렸어."

"……그래서?"

그게 다야, 라고 말했다.

"하지만 이만저만 물린 게 아냐. 보기에도 무참할 지경인 데다 온몸이 오싹하리만치 추악해. 벌레한테 물렸다기보다 부스럼에 가까워."

"……."

아츠야는 더듬는 듯한 눈길로 나를 응시하더니 어이없다는 듯이 피식 웃었다.

"그래서?"

"그래서, 그게 다라고 얘기하잖아."

나는 그렇게 말하고, 다 나을 때까지 잠자리는 안 된다고 덧붙였다.

"유별나긴."

아츠야는 재미있다는 듯한 눈을 하고 내 허리를 힘껏 끌어당긴다. 나는 너무너무 공포스러웠다.

"이러지 마."

이 사람한테는 말이 통하지 않는 걸까, 라고 생각했다. 혼신의 힘을 다해 아츠야를 밀어낸다.

"하지 말라잖아."

왜 그래, 하며 아츠야가 내 쪽으로 한 발 다가선다. 나는 너무 두려워 정신을 잃을 지경이었다. 부탁이니 다가오지 말아 달라고 애원하듯 중얼거리는 게 고작이었다.

"교코."

아츠야가 내 두 팔을 움켜쥐고, 아플 정도로 힘을 싣는다.

"이봐, 진정해."

나는 공포스러운 나머지 대답도 못하고, 그저 아츠야의 두 눈만을 바라보았다.

"뭐야, 내가 무슨 치한도 아니고. 왜 그러냐니까?"

아츠야는 미소 지어 보였으나, 나는 웃지 않았다. 꽉 잡힌 두 팔이 가늘게 떨린다. 조금 전까지 웃음 짓고 있었다는 것이 신기했다. 함께 술을 마시고 평범하게 대화를 나누었다는 사실이 믿어지지 않았다. 맨살이 보일지도 모른다는 생각에 숨이 멎을 듯이 두려웠다.

"알았어. 우선 목욕부터 하자. 평소처럼 둘이서 말이야."

대답 대신 나는 고개를 절레절레 흔들었다. 아츠야가 두 손에 한층 힘을 싣는다.

"됐으니까 내 말 들어. 그 어떤 부스럼이든 상관없으니까, 난 아무렇지 않으니까, 정말 괜찮다고."

나는 한층 세차게 고개를 흔든다. 정신 나간 사람처럼. 머리가 떨어져 나갈 듯이. 마음속은 추악한 피부 이미지로 가득했다. 그 이미지를 쫓아내고 싶어서 나는 오로지 고개를 흔든다.

"교코!"

아츠야의 커다란 목소리. 나는 움찔하여 눈을 든다. 아츠야의 어깨 너머로 위스키와 눈이 마주쳤다. 텔레비전 위에 동그랗게 몸을 말고 앉아 얼굴만 이쪽을 향하고 있다. 검고 보송보송한 몸, 반짝반짝 빛나는 금색 눈.

"싫어."

나는 간신히 소리 내며 아츠야를 노려보았다. 이때 나는 내 연인을 거의 증오하고 있었으리라.

"이 손, 놔."

아츠야는 시키는 대로 손을 놓았다.

"……벼룩에게 물린 정도 갖고 대체 왜 그러는데."

당장이라도 울 것 같은 힘없는 목소리였다.

"날 그렇게 못 믿겠어?"

내가 잠자코 있자, 아츠야는 혼자서 말을 계속했다.

"장난도 아니고, 이 무슨 바보 같은 짓이야. 벼룩인지 부스럼인지 몰라도, 까짓 그런 거에 신경 쓸 사이는 아니잖아."

"……"

이 사람이 지금 무슨 말을 하는 거지? 무슨 이야기를 하고 있지? 나는 혼란스러운 머릿속으로 이치죠 씨의 메모를 떠올렸다. 엉뚱하고 얼토당토않은 데다 외국어처럼 뜻 모를 그 메시지. 기분 나쁜 그 웃는 얼굴 그림……. 아츠야도 이치죠 씨와 한통속이다. 모두 막 바깥에 있다. 절망적이다. 우유만큼의 도움도 못 된다.

"교코?"

만지지 말라고 나는 말했다. 말하면서 모든 게 분명해져 가는

170

것을 느꼈다. 나는 맨살을 보여 연인의 마음이 상할까 봐 두려운 것이 아니다. 아츠야의 마음이 상하든 말든, 그런 건 아무래도 좋다. 추악한 피부로 연인과 목욕을 하고, 추악한 피부로 연인과 안고, 부스럼투성이 다리를 연인의 다리에 포개고, 부스럼투성이 허리 위로 연인의 손가락이 기어 다니는, 그런 것들을 견딜 수 없는 건 바로 나다. 아츠야의 기분 따위 내 알 바 아니다. 내가 이토록 소중히 여기고 이토록 깊이 사랑하는 건, 아츠야가 아니라 바로 나 자신이다. 이건 또 무슨 우습기 짝이 없는 결말이람.

현관에서 구두를 신으며 아츠야는 심하게 상처 입은 뒷모습을 보였다.

"최악이야, 너."

나는 표정을 바꾸지 않고 말없이 그 자리에 서 있었다. 거실에서 아직 야구 뉴스 소리가 들려온다. 나는 안다. 그 텔레비전 위에는 위스키가 있다. 가만히 이쪽을 보고 있다. 돌아보지 않아도, 내 목덜미에 와서 꽂히는 그녀의 날카로운 시선을 또렷이 느낄 수 있었다.

"자, 열쇠."

아츠야는 테디 베어가 달린 열쇠를 신발장 위에 놓는다. 나는 잠자코 그 모습을 지켜보았다. 고뇌에 찬 아츠야의 얼굴.

아츠야가 나가자마자 나는 현관문을 걸어 잠근다. 조금도 슬
프지 않았다.

"자. 부스럼들에게 약 발라야지."

나는 조그만 목소리로 노래하듯이 말했다.

녹신녹신

"녹신녹신해."

나는 느낀 그대로를 솔직하게 말한다. 그럴 때의 나는 눈빛도 목소리도 정말로 녹신녹신했을 터이니, 녹신녹신하다는 내 말은 신지의 귀에도 녹신녹신하니 기분 좋게, 안타깝게 울렸으리라.

"나도."

신지가 말했다. 그건 신지가 발하는 여타의 수많은 말과 마찬가지로 발음되는 순간에 이미 무섭도록 성실한 소리가 된다. 무섭도록 성실하고 무섭도록 선량한 소리. '나도.'

평소에 진지한 신지의 목소리는 그럴 때면 갑자기 촉촉함을 띠고, 그 말은 내 귓전에서 여름날의 커스터드처럼 달콤하게 무너져 내렸다.

매사 그런 식이었다. 녹신녹신한 사랑, 녹신녹신한 나날, 녹신녹신한 인생. 모든 일이 잘돼 간다 싶었다.

대체 언제부터 이렇게 돼 버렸을까.

나는 거울을 들여다보며 립스틱을 바르고, 흰나비조개 귀걸이를 단다. 지금이 녹신녹신하지 않다는 건 아니다. 조금 전만 해도 침대 안에서 신지의 목에 팔을 두르고,

"오늘도 일하러 가?"

하고 물었을 때, 나는 성공하느냐 마느냐 할 정도로 아슬아슬한 심정이었다. 물론 신지는 그런 맘을 알 리 없으니 여느 때처럼 내 이마에 가볍게 입을 맞추고,

"유감스럽게도."

라고 대답하며 힘없이 웃었다. 그러고 나서 목에 두른 팔을 부드럽게 떼어 낸다. 나는 반사적으로 두 다리를 감았다. 하지만 마지막 저항도 헛되이, 신지는 재밌다는 듯이 웃으며 "어이 어이." 하고 말했을 뿐이다.

나는 시트를 둘둘 만 채, 나갈 채비를 하는 신지를 바라보았다.

이제 한 시간 후면 신지는 나가 버린다.

그런 생각을 하자, 매일 그렇듯 정말로 안타까운 마음이 들었다. 눈물이 날 것 같았다.

애정에 온도가 있다면, 나의 그것은 나날이 높아지다 못해 이제는 200℃, 300℃ 튀김 기름 못지않은 금빛이 되어 마녀의 냄비 속에서 펄펄 끓고 있다.

신지는 무엇 하나 달라진 게 없는데.

그렇게 생각하면서 나는 『유럽 100년사史』 상上권을 가방에 넣었다. 초콜릿색 표지의 무척 예쁜 책이다. 하긴 읽어 보질 않았으니 내용에 대해선 아는 바가 없다.

내가 어떤 여자인지, 설명하자면 간단하다. 초등학생 때는 도서 위원으로 짧은 머리를 하고 있었다. 중학생 때, 폐렴으로 닷새 동안 입원했다. 고등학생이 되어 난생 처음 콘서트라는 것을 구경 갔다. KISS의 첫 내일來日 콘서트였다. 나는 드러머인 피터 크리스에게 빠져 있었는데 아비규환을 방불케 하는 주위 여자아이들의 목소리에 완전히 압도당하고 말았다. 열아홉 나이에 바닷가에서 순조롭게 첫 경험을 하고—그 무렵은, 여하튼 바다가 유행이었다. 너 나 할 것 없이 그런 일은 으레 바닷가에서 경험하는 일이라 믿었다—, 대학 졸업과 동시에 지금 다니는 회사에 취직했다. 여성 잡지를 만드는 회사다.

내게는 친구가 없다. 물론 알고 지내는 사람이야 많지만, 좋아하는 지인과 싫어하는 지인이 있을 뿐(좋아하는 지인 중 한 사람인 리츠코는 바로 그런 게 친구라며 역설하지만), 적어도 자각하는 한, 나는 나의 삼십 년 인생에서 친구란 것을 가져 본 역사가 없다.

스물다섯 살 때 처음 낙태를 경험했고—머리맡에서 남자가 울고 있어서 놀랐다—, 작년에 신지를 알게 되어, 회사에서 멀어지는데도 불구하고 신지의 근무지에 맞춰 고쿠분지에 맨션을 얻었다(냉장고에는 사시사철 미네랄워터가 떨어지지 않는다. 베란다의 화분은 신지가 키우는 것으로, 내 취미는 아니다). 오늘 아침에는 8시에 일어났다. 그리고 지금은 막스마라 울 코트를 입고, 스테판 켈리앙 구두를 신고, 큼직한 갈색 부가티 백을 안고 11월의 추운 하늘 아래 출근하는 길이다.

나는 겨울 아침을 좋아한다. 공기를 들이마시면 폐가 팽팽하게 조여든다. 중간 정도의 보폭으로 규칙적이고 리듬감 있게 걷는다.

대체 언제부터 이렇게 돼 버렸을까.

츄오선中央線 차창으로 보이는 차디찬 풍경과 여기저기 보이는 사람들. 출근 시간대가 조금 지난 때라 전철 안은 그리 혼잡하진 않다. 흐린 날 아침, 전철의 진동은 왜 그런지 나를 안심시킨다.

손목시계를 보니 10시를 가리키고 있다. 갈색 가죽 줄이 달린 얌전해 보이는 심플한 시계다. 나는 하루에도 몇 번씩 이 시계를 본다. 지금쯤 신지가 뭘 하고 있을까 생각하기 위해.

신지하곤 초여름에 처음 만나 한여름에는 이미 함께 살기 시작했다. 그때까지의 우리에게, 적어도 그때까지의 쾌적하고 평안한 우리의 생활에 그건 분명 중대한 이변이었다. 하지만 한편으론 자연스럽기도 했다. 나는 내가 신지의 갈비뼈로 만들어졌다고 믿었고, 신지도 그걸 인정했다. 잘 만들어진 추리 소설을 읽었을 때처럼 앞뒤가 딱 들어맞는 느낌이었다.

그때까지 몇 차례 사랑은 했다. 몇 차례 했지만, 뭐랄까, 나는 연애에 열중하는 타입이 아니었다. 딱히 커리어 지향도 아니지만, 그래도 일단 연애보다는 일이 더 재미있었다.

신지는 초등학교 교사이다. 지금은 4학년 담임(4학년 3반, 학생 수 36명)이자 야구부 고문이기도 하다. 적당한 살집에 키가 크고 안경을 쓰며, 웃을 때면 어딘지 모르게 연약한 표정이 나오는데, 그 모습이 오싹하리만치 섹시해서 난 가끔 앞뒤 안 가리고 신지를 끌어안고—매달리고—만다. 굳이 말하자면, 나는 내 자신을 보수적인 인간이라고 생각한다. 신지는 나를 그렇게 만드는 유형의 (내가 만난 사람들 중에서 유일한) 남자였다.

일을 통해 만났다. 에이즈 및 에이즈를 둘러싼 성교육에 대해 내가 신지의 학교에 취재하러 갔던 게 발단이었다(여성 잡지라고 해서 파리 젠느의 화려한 볼거리만 다루는 건 아니다). 마침 신지네 반에서 모델 수업을 하기로 되었는데, 신지는 담임일 뿐 실제 수업은 시원시원한 양호 선생이 담당했다. 그 때문인지 당시 나는 신지에 대해 특별히 좋은 구석도 나쁜 구석도 없고 어쩐지 무덤덤해 보이는 사람이라는 정도의 인상밖에 갖지 않았다. 그래서 그 후 일주일쯤 지나 신지가 회사로 전화를 걸어 왔을 때 좀 놀랐다. 식사라도 같이 하지 않겠냐고 전화상으로 신지는 말했다. '뭘 좋아하시죠? 역시 뭔가 세련된 것, 에스닉 요리 같은 게 좋으려나ㅡ.'

회사에 도착하니 미야모토 씨한테서 전화가 와 있었다. 미야모토 씨는 회사 근처 스포츠 센터에서 근무하며, 내가 가면 머신 트레이닝 프로그램을 짜 준다(다리에 쥐가 나 마사지를 받은 적도 있다). 한동안 가질 않으니 나오라는 재촉 전화임에 틀림없었다. 미야모토 씨는 밝은 목소리로 늘 이렇게 말한다. '그러다간 에어로바이크 텐션이 도로 5까지 내려가 버립니다.'

나는 내버려 두기로 했다. 복도의 자동판매기에서 커피를 뽑아 들고 내 자리로 돌아와 머리를 뒤로 동여맨다. 11시 2분 전.

이 시간이면 수업이 없을 때니 아마 교무실에 있겠지. 나는 두 손으로 커피가 든 종이컵을 들고 창밖으로 시선을 준다. 신지도 나와 같은 이 하늘 아래 있는 거다. 그런 생각만으로도 가슴이 뿌듯해진다.

우리는 결국 그날 에스닉 요리 같은 건 먹지 않았다. 그 대신 메밀국수와 튀김을 먹고, 식후에 갈분 떡을 먹고 차를 마셨는데 신지는 시종일관 과묵했다. 나 또한 이런 경우 눈치껏 수다를 떠는 타입도 아니어서, 우리는 둘 다 띄엄띄엄 이야기를 나누었다. 이렇게 해도 신기하게 어색하지 않은 경우가 드물게 있긴 하지만, 나와 신지의 경우는 충분히 어색했다. 충분히 어색하고, 충분히 부자유스러웠다.

"어쩐지 분위기가 안 살아서."

가게를 나왔을 때, 사과하는 것도 아니고 난감한 듯이 신지는 말했다. 5월의 맑고 따스한 저녁이었다. 뒤로 손을 돌려 닫은 문 앞에는 커다란 단지가 놓여 있고, 큰길까지 징검돌이 이어져 있었다.

정신을 차려 보니, 나는 신지에게 안겨 있었다.

걸쭉하게 장국을 끼얹은 반투명한 무를 젓가락으로 건져 올리자 잘린 부분에서 훈김이 올라온다. 카운터석밖에 없는 작은 가게에서 업무 협의라 칭하며 하시모토 씨와 술을 마시는 중이다. 하시모토 씨는 프리랜서 사진작가로 체격이 크고 어린아이 같은 눈을 가진 사람이다.

"책, 고마웠습니다."

나는 말하고, 『유럽 100년사』 상권을 카운터에 올려놓았다.

"재밌었어요. 역사라든지 문화라든지 하는 것들의 크기랄까, 본질이랄까."

맞아요 맞아, 하며 하시모토 씨가 눈을 반짝인다.

"본질. 그게 뭔지. 그것과 시간. 결국 시간의 힘이 만들었으니까요, 유럽이라는 것을. 이런 걸 읽어 보면 역시 유럽은 대단하단 생각이 들어요."

미요 씨는 소화해 줄 거라 믿었어요, 라고 말하면서 하시모토 씨는 의자 등받이에 걸어 둔 가방에서 하권을 꺼내고 상권을 집어넣는다. 하권은 표지가 심홍색이다.

"점점 더 재미있어져요. 히틀러도 등장하고."

하시모토 씨가 말하고, 나는 그 책을 받아 팔락팔락 넘긴다.

"파시즘에서 데모크라시, 유럽의 분열까지인가? 과연."

빌릴게요, 라는 말과 함께 책을 갈색 부가티 백에 넣었다.

"재밌을 것 같아요."

하권이 좀 더 두꺼웠다.

하시모토 씨는 독서광이다. 나도 책을 싫어하는 건 아니지만, 이 사람의 애독서를 들자면 헨리 데이비드 소로의 『월든』이라든지 모리스 블랑쇼의 『문학의 공간』 같은 무섭도록 두껍고 어려워 보이는 작품들뿐이라서 나는 감히 명함도 못 내민다. 그래도 반년쯤 전, 마르그리트 뒤라스에 관해 의견이 일치하여 보드카로 건배하고 호텔 라운지에서 기세를 올린 적이 있어 그날 이후 종종 책을 빌려준다.

"시라호네白骨 온천, 좋았는데."

하시모토 씨가 불쑥 그런 말을 꺼냈다. 우리는 지난 달, 가미코지上高地에 다녀왔다. 일 때문은 아니다.

"그러게요. 아즈사강이며 갓바바시 다리며."

"맞아. 게다가 타시로 연못도 묘하게 좋았어요. 세 번째 가 보는 거였는데 그렇게 분위기가 좋았던 건 이번이 처음이라서."

역시 미요 씨와 함께여서일까, 라고 말하고 하시모토 씨는 술 잔을 비운다.

"우후후."

나는 이 사람의 쑥스러워할 때의 목소리가 좋다.

"온천 여관도 좋았죠."

"그래요."

말하고 나서 하시모토 씨는 어딘가 먼 곳을 바라보는 눈이 되었다.

"또 가요."

"그래요."

하시모토 씨는 다시 한번 같은 말을 한다. 나는 흘낏 손목시계를 보았다.

"……슬슬 일어나야."

9시 5분이었다.

"또 전화할게요."

"……그런가, 애인이 기다리고 있겠구나."

나는 애인이라는 말을 혐오한다. 다소 난감한 미소를 지어 보이고 의자에서 내려와 계산서를 쥐고 카운터로 걸어갔다. 등 뒤로 하시모토 씨의 시선을 느꼈지만 한 번도 돌아보지 않았다.

가게를 나와 곧장 집으로 향했다. 오늘은 늦는다고 말해 두었고, 그런 것치고는 그리 안 늦은 편이지만, 한시라도 빨리 신지의 얼굴이 보고 싶어서 마음이 급해진다. 전철을 타고 오는 동안에도 안달이 났다. 전철 문에 기대어 유리에 비친 내 얼굴을 본다.

대체 언제부터 이렇게 돼 버렸을까.

전철은 휙휙 속도를 높여 달리고 몇 개 역을 통과한다. 밤의 플랫폼은 무척 아름답다.

"어서 와."

현관에 들어서자마자 신지의 목소리가 들렸다. 출근도 빠르지만, 귀가도 빠른 사람이다.

"다녀왔습니다."

나는 신을 벗으면서 애써 아무렇지 않은 척 말한다. 그리운 신지의 목소리에 심장이 금세 두방망이질 치기 시작한다.

신지는 거실에서 라디오를 듣고 있었다. 그는 라디오를 좋아한다. 심야 방송을 들으며 자란 마지막 세대라서, 라는 것이 신지의 해명이며, 자신들이 외면하면 라디오가 설 자리를 잃고 말 거라고 믿는 눈치다.

"푸룽셰(게살과 죽순을 넣은 중국식 달걀부침_옮긴이) 만들었어. 랩 씌워서 식탁에 놔뒀으니까, 생각 있으면 먹어."

"응."

나는 대답하고 코트를 벗어 옷걸이에 건다. 스타킹도 벗고 맨발이 된다. 오렌지색 페디큐어.

"그리고 냉장고에 당면 샐러드도 있어. 비록 마트에서 사 온 거지만."

"응."

나는 다시 한번 대답한다. 소파 옆에 두 무릎을 꿇고 앉아 신지의 얼굴을 말끄러미 바라본다.

"다녀왔어요."

새삼스럽게—보고 싶었다느니 쓸쓸했다느니, 집에 돌아와서 기쁘다느니, 하루분의 여러 가지 생각을 담아—말한다. 앞머리를 조금 쓸어 올려 주자 손가락이 차다고 했다.

신지는 언제나 내 눈을 똑바로 바라봐 준다. 신지의 눈은 너무 맑아서 어쩐지 인간이 아닌 다른 동물의 눈 같다. 나는 신지와 마주 보고 있노라면 저절로 눈물이 고인다. 안타까움에 가슴이 저려 온다. 그래서 먼저 눈을 돌리는 사람은 언제나 나다.

"목욕하고 올게."

나는 말하고 일어났다.

지난주 일요일, 신지네 초등학교에서 야구부 연습 경기가 있었다. 나는 내가 운동하는 것도 아닌데 사브리나 팬츠에 점퍼를 떨쳐입고, 피크닉 바구니 가득 주먹밥을 만들어 관전하러 갔다. 그건 무척 기이한 일이었다. 대회 혹은 대회 출전을 위한 예선 경기라면 또 몰라도 단순한 연습 경기이다 보니 관객이 있을 리도 없고, 카메라에 자식들의 모습을 담기에 여념 없는 열성 엄마 아빠들의 모습도 보이지 않았다. 물론 신지는 말렸지만 내가 고집을 부려 응원하러 갔다. 쉬는 날까지 신지를 학교에 빼앗기다니, 솔직히 참을 수 없는 일이었다.

"시미즈 군이 공을 던지겠죠?"

그날 아침, 주먹밥을 만들면서 신지에게 물었다.

"시미즈 군, 내년에 졸업이네? 던지는 모습 단단히 봐 둬야지."

시미즈란 신지네 학교의 에이스 투수로 나는 그 아이의 팬을 자처하게 되었다. 여기저기서 열리는 대회에 따라나서려는 구실이었다.

활짝 갠 기분 좋은 날이었다. 나는 계단으로 된 플라스틱 벤치에 걸터앉아 줄곧 신지만 바라보고 있었다. 어린이 야구 따위 애초부터 관심 밖이었다. 유니폼 차림으로 팔짱을 끼고 모래 먼지 속에 서 있는 신지의 얼굴을 보면서 상상했다. 지금 당장 신지를 운동장으로 끌고 들어가 피처 마운드와 홈 베이스 사이쯤에 밀어 누이고, 그 옆에 나도 드러누워 손을 맞잡고 느긋하게 이 겨울하늘을 바라볼 수 있다면 얼마나 좋을까, 라고.

신지는 가끔 생각났다는 듯이 내 쪽을 돌아보았다. 나는 그때마다 생긋 웃으며 손을 흔들었다. 마음속으로 매번, 사랑한다고 말하면서. 신지는 마음이 불편해 보였다. 내 시선이 운동장이 아니라 신지에게만 쏠려 있다는 사실은 신지뿐만 아니라 아이들의 눈에도 확연하게 보였으니까.

목욕을 마치고 컵에 미네랄워터를 따라 마셨다. 그리고 먼저 목욕을 마치고 소파에서 선잠이 든 신지를 깨운다. 신지는 잠옷 위에 스웨터를 입고 부스스하니 감은 머리 그대로 잠들어 있다.

"봐요, 일어나요. 이러다 일산화 탄소 중독되겠네."

방 안은 난방이 잘 되고 있다.

신지는 잠이 가득한 얼굴로 설핏 눈을 뜨고는 꾸물꾸물 일어나더니 느닷없이 내 허리를 끌어안는다.

"이번 주말에, 어디 가?"

잠에 취한 목소리가 섹시하다.

"이번 주말?"

나는 책상 위의 작은 달력을 보았다. 11월 27일과 28일자에 색연필로 핑크색 동그라미가 쳐져 있다. 외박한다는 표시다.

"아아, 출장이야. 오사카. 오코노미야키 취재."

대답하면서 신지의 머리칼을 어루만진다.

"흐음."

신지는 김샜다는 듯이 코를 울렸다.

"그럼 어쩔 수 없지."

그렇게 말하곤 벌떡 일어나 라디오를 끄고, 위스키가 들어 있었던 듯싶은 글라스를 부엌으로 가져가 치운다. 이럴 때 보면 이 사람은 모든 사실을 알고 있는 것만 같다. 출장 따위 다 거짓말이라는 것, 그리고 어쩌면 함께 갈 상대가 누구인지까지도. 오늘 늦게 들어온 이유가 업무 협의 때문이 아니었다는 것도.

바람一. 유쾌한 단어는 아니지만, 정말 그렇게밖에 표현할 말이 없다. 동시에 여러 남자에게 마음이 가는 적은 이전에도 있었지만, 이건 그런 것과는 차원이 다르다. 글자 그대로, 순전히 바람이다. 나는 신지에게 녹신녹신해지고 나서야 비로소 바람피우는 사람의 심정을 알게 됐다. 아무도 드러내 놓고 말하진 않지만, 인간은 바람을 피우지 않곤 살 수 없는 생물이다. 누군가 한 사람에게 전심전력으로 녹신녹신해진 채 태연히 살아갈 순 없다.

내가 미야모토 씨와 잤다고 하자, 리츠코(그녀도 같은 스포츠 센터에 다닌다)는 여우에게 홀린 듯한 얼굴을 했다.

"믿을 수 없어."

리츠코가 말했다.

"쿠즈하라 씨는 어쩌고?"

190

스포츠 센터 1층, 유리 너머로 햇볕이 내리쬐는 티룸에서 리츠코는 다이어트 콜라를 마시며 그렇게 힐문했다. 쿠즈하라 씨는 나와 같은 편집부의 선배로 사생활이 다소 '화려한' 유부남이다.

"어쩌긴 뭘……."

나는 홍차 잔을 들어 올리며 훈김 너머로 눈으로만 웃었다. 그렇게 웃으면 표정이 부드러워 한결 좋은 느낌을 준다.

"하지만 미요, 신지 씨와 무슨 문제가 있는 것도 아니잖아?"

나는 말없이 홍차를 마셨다.

"미요, 참 나쁜 사람이네."

리츠코는 기가 막힌다는 듯이 말하고, 하지만 그녀가 실은 조금 즐기고 있음을 나는 잘 알고 있었다.

"……한 번에 세 남자와 사귀다니."

따지고 보면 셋이랄 수도 없었지만, 나는 굳이 시정하지는 않았다.

예를 들면 지난주 일요일.

그냥 집에 있으라는 신지의 말을 안 듣고 재미도 없는 야구 시합장에 쫓아가서 벤치에 앉아 멍하니 신지를 바라보고 있는데 무심코 다른 남자가 보고 싶어졌다. 갑자기 주변 경치가 하나도 눈에 안 들어오고, 우리 두 사람만 거기 있는 듯한 긴장감에서 당장이라도 도망치고 싶었다. 신지는 이따금 내 자신이 너무나 무능하고 어리석고 모자란 존재라는 기분에 젖게 한다. 하늘이 높은 교정 한 귀퉁이에서 나는 내 자신을 몹시 부끄러이 여겼다.

가령, 신지와 섹스를 한 다음 날 아침.

신지의 섹스는 너무 부드러워서 나를 울린다. 신지 앞에서 나는 갓난아이가 돼 버린다. 신지가 토하는 숨결 하나하나에, 살갗을 미끄러지는 손가락의 감촉에, 나는 완전히 무방비 무저항 상태가 되고 만다. 밝아 오는 아침, 나는 몸부림치고 싶을 만큼 부끄럽다. 에도 시대, 실오라기 하나 걸치지 않은 모습으로 대낮에 군중 속에 내세워진 죄인의 심정이 꼭 이렇겠지. 신지의 부드러움에는 어떻게 해 볼 여지가 없다. 나는 달아날 수도 숨을 수도 없게 돼 버린다.

그렇기 때문에 나는 서둘러 다른 남자의 침실로 가서, 내 몸이 가치 있다는 것, 무능한 등신이 아니라 엄연히 쓸모 있고 유익한 존재라는 것을 어떡해서든 떠올려야 한다.

밸런스.

그래, 문제는 밸런스였다.

침실에 들어가자, 신지는 이미 침대 안에 있었다. 방 불을 끄고 손으로 더듬어 침대를 향해 가면서 물어보았다.

"손 잡고 자도 돼?"

아주 짧은 침묵이 흐른 후, 신지는 세상에 더없이 부드럽고 온화한 목소리로 "되고말고." 하며 모포를 젖혀 주었다. 그리고 나는 밤새도록 신지의 손을 놓지 않고 잤다.

눈을 뜨자 비가 내리고 있었다. 창문을 두드리는 빗소리.

11월은 속절없이 서글퍼라,

세상을 적시는 비가 내린다!

그렇게 노래한 시인이 기타하라 하쿠슈였던가 호리구치 다이가쿠였던가. 나는 드러누운 채 천장을 노려보며 하염없이 빗소리를 듣고 있었다. 이대로 시간이 멈춰 버리면 좋으련만. 신지와 둘이 내내 이러고 있을 수 있다면 좋을 텐데.

자명종이 울린다. 시계는 내 머리맡에 있었지만 신지가 팔을 뻗어 멈춘다. 신지는 1분쯤 눈을 감고 죽은 듯이 가만히 있다가 ―나는 이대로 신지가 다시 잠들어 주길 마음속으로 바란다―, 훌륭한 사회인답게 자리를 박차고 일어난다. 나는 아무 말 없이, 어둑어둑한 방 안에서 눈을 비비며 나가는 신지의 모습을 지켜보았다.

세수하고 면도하고 커피를 마시고, 신문을 읽고 옷을 갈아입고 나가는 신지를 잠옷 바람으로 현관에 서서 배웅한다. 학교에 여선생은 전부 몇 사람이나 있을까, 하는 생각이 문득 들었다. 4학년 자녀를 둔 엄마들은 과연 몇 살쯤 된 여자들일까, 하는 생각도.

"다녀와요."

조심하라는 말을 덧붙이고 신지의 목에 팔을 두른다.

"알겠습니다."

신지가 안경 너머로 눈웃음을 지었다. 나는 헤어지는 아쉬움에 가슴이 미어진다. 마치 혼자 남겨진 아이 같다는 생각이 들었다.

오늘은 진짜 업무상 미팅이 있었다. 점심을 먹으며 이야기하는, 이른바 비즈니스 런치라는 거다. 약속 장소에 조금 일찍 도착한 나는 어드레스첩을 팔락팔락 넘겼다. 그리고 고노 씨에게 전화를 건다.

"안녕하세요."

오전 중에 일어나 있을 리 없는 고노 씨를 깨우고 반 강제로 아침 인사를 한다. 고노 씨는 일러스트레이터로 이번 주말에 함께 출장을 갈 상대다.

"벌써 점심때예요."

"응."

고노 씨가 잔뜩 잠긴 목소리를 낸다.

"어제 술 마셨어요?"

"으응."

신음하는 듯한 목소리. 나는 여봐란듯이, 한껏 속삭이는 듯이, 킥킥 웃어 보인다.

"1시까지 일이에요. 그러고 나서 4시에 회사에서 회의가 있어요."

"……죄 멋대로라니까."

여전히 잠긴 목소리로 고노 씨가 말했다. 그래도 다음 대사는 알고 있었다. 어쩔 수 없지, 라고 아마도 아주 조금 쓴웃음을 머금고 말하겠지. 나는 숨을 내쉬며 기다린다.

"어쩔 수 없지. 늘 가는 호텔에서 1시 반."

"생큐."

나는 진심을 담아 말한다.

딱히 잠을 자지 않아도 상관없었다. 예를 들면 호텔 침대에 걸터앉아 두 시간 내내 고노 씨가 사랑해 마지않는 축구에 대해 ─ 아니면 존 레논에 대해─이야기해 줘도 좋았다. 중요한 건 내가 누군가와 어엿하게 일대일로 마주할 수 있는 여자라는 데 있다. 어르거나 달래거나 격려하거나, 요컨대 신지가 항상 내게 하는

녹신녹신 195

일—다시 말해 내가 신지에게 받는 일—없이도 꿋꿋이 해낼 수 있는 여자임을, 나는 늘 내 자신에게 일깨워 주어야 한다.

그러나 결국, 우리는 잤다. 그러고 나서 냉장고 안의 사이다를 마시고, 샤워를 하며 흠뻑 젖은 키스를 나눴다.

"칭찬해 줘."

머리카락 끝까지 흠뻑 젖어 가며 키스하는 도중 내가 말했다. 고노 씨는 잘 납득이 안 가는 모양이었다. 아무 말 안 들리는 척하며 익숙한 손놀림으로 내 몸을 끌어안는다.

"칭찬해 줘. 뭐든 좋으니까. 예쁘다든지 성격이 좋다든지, 걸음이 빠르다든지 노래를 잘한다든지, 뭐든 좋으니까 자꾸자꾸 칭찬해 줘."

고노 씨는 내 얼굴과 목덜미와 머리에 입맞춤의 비를 내리면서 충실하게 칭찬해 주었다. 귀엽다느니 감각적이라느니 착한 여자라느니.

"감각적?"

고노 씨의 가슴과 어깨에 키스로 화답하던 나는, 동작을 멈추고 물었다.

"그거, 칭찬이야?"

나는 오히려 내 자신이 논리적이라고 생각한다.

"어."

고노 씨가 대답했다. 내 머리칼에 코와 입을 묻고, "어, 칭찬이
야." 하며 팔에 꾹꾹 힘을 싣는다.

"미요는 감각적이고 자유로운, 좋은 여자야."

우리 회사 잡지의 캐치 카피 같다.

나는 몹시 슬퍼지고 만다.

일찍 귀가한 덕에 저녁 식사 후, 신지와 산책을 했다. 신지는
모직 반코트, 나는 원피스 위에 점퍼를 걸친 채 손을 맞잡고 걷는
다. 비가 그치고, 전신주마다 불이 밝혀진 포장도로, 하얗게 빛나
는 편의점의 파란 로고. 공기 알갱이 하나하나가 아직 촉촉하게
젖어 있다.

"끝말잇기 하자."

나는 잡고 있던 손을 놓고 신지의 팔에 매달리다시피 하면서
말했다. 나는 신지의 오른팔이 좋다. 균형 잡힌 단단한 근육.

"두음 법칙, 외래어, 외국어 허용하기다."

"알았어."

늘 하는 방식이다. 이렇게 하면 끝말잇기는 좀처럼 끝이 나질
않는다.

"미요."

신지는 늘 그렇게 시작한다.

"요리사."

나는 단박에 대답한다. 사랑, 랑데부, 부스럼, 럼주, 주전자, 자전거, 거짓말, 말라깽이, 이삿짐, 짐나지움.

술집 앞을 지날 때, 나는 몸을 조금 내밀며 밤의 윈도우에 비치는 우리 모습을 본다. 신지도 따라서 옆을 보았기에 우리는 유리 너머로 눈이 마주쳤다.

우후후.

나는 사랑을 담아 미소 짓는다. 절망적으로 쓸쓸했지만, 진심으로 흡족했다. 하늘에는 차가워 보이는 하얀 달. 보름달에 이틀 정도 모자라는 달이다.

"공원 한 바퀴 돌고 들어가자."

"알았어."

신지는 여느 때와 마찬가지로 온화하고 너그럽게 말했다.

누군가를 좋아하게 되면 어마어마한 양의 달콤한 말이 필요해진다. 나는 괴물처럼 그런 말들을 낱낱이 먹어 치운다. 마치 치매에 걸린 악어처럼 탐욕스럽게.

나도 필요하다. 누군가가 너무 좋아져서, 정말로 너무너무 좋아져서 나의 밸런스가 무너질까 두렵기 때문에, 망가질 것만 같아 너무 두렵기 때문에, 하루하루 어떻게 해서든 밸런스를 유지한다.

이런 일도 있었다.

"누님, 섹시하다."

내 실크 속옷을 보고 대학생이 느슨한 목소리로 말한다. 적갈색 안경이 신지와 닮았다. 대학생이란 어디까지나 본인의 말이고 실상은 알 수 없다. '누님' 어쩌고 하는 말투부터가 예사롭지 않다. 하지만 어쨌거나 나는 '꼬임'에 넘어가 데격데격 옷을 벗고 있었다.

"누님, 외로우시죠?"

침대에 들자 대학생이 싸구려 남창 같은 말을 하기에 놀랐다.

"외로울 게 뭐 있어."

웃지도 않고 대답하자, 그럼 왜 자길 따라왔냐고 묻는다.

"입 다물어."

나는 대학생의 입술을 막았다.

대학생은 깡마르고 경박한 외모와 어울리지 않게 잠자리는 섬세했다. 나도 모르게 눈물이 났다. 오열하는 가운데 신지를 생각했다. 신지가 보고 싶다. 지금 당장 보고 싶다. 마음 둘 곳 없는 섹스였다. 머나먼 타국 땅에 팔려 온 아이 같다는 생각이 들었다. 울면서 대학생에게 매달린다. 마음 깊이 외로웠다. 동정 받고 있다는 건 알았다. 알지만 어쩔 수 없다. 나는 이렇게 말라비틀어진, 오다가다 만난 사내 녀석에게 매달려 있는 거다.

행위가 끝난 후, 대학생은 흐느껴 우는 내 이마에 키스했다. 언제나 신지가 해 주었듯이.

금요일, 오랜만에 신지와 밖에서 만나기로 했다. 긴자 거리에 있는, 유리벽으로 된 커피숍에서 만난다. 하시모토 씨의 개인전이 열리는 첫날이다. 약속 시간 3분 전에 도착해 보니, 신지는 이미 와서 커피를 마시고 있었다. 아직 5시인데도 밖은 완전히 밤이다. 나는 긴자의 밤을 참 좋아한다.

"일, 마무리하고 오는 길이야?"

신지가 내 얼굴을 보고 묻는다. 음, 하고 애매하게 대답하자, 아직인가 보네? 하며 살짝 웃는다.

"그럼, 파티 끝나고 회사로 돌아간다?"

라고 질문도 아닌 말을 했다. 나는 신지 맞은편에 앉아 아쿠아리브라를 주문하고 변명처럼 말했다.

"봐 둬야 할 교정쇄가 좀 남았어."

작은 커피숍은 사람들의 드나듦이 잦은 데다 활기차고 제법 북적인다.

"그래?"

신지가 말했다. 신지의 "그래?"는 묘하게 밝은 한숨과 닮아 있다. 밝은 한숨이라는 표현도 이상할지 모르지만, 예를 들면 "자." 하고 일어날 때와 비슷한 느낌. 무언가를 싹 잘라 내는 듯한……. 신지가 "그래?"라고 말할 때마다 나는 그 자리에 홀로 남겨진다.

빌딩 위, 개인전이 열리는 전람회장은 좁고 사람이 가득했다. 엘리베이터에서 내리자 바로 접수대가 있고 바닥에 꽃바구니가 몇 개 놓여 있었다. 우리는 방명록에 나란히 이름을 적었다. 종이 냅킨에 싸인 위스키 잔을 받아 들고, 조용조용 전람회장으로 발을 들여놓는다.

하시모토 씨의 작품은 흑백 사진이 단연코 좋다는 것이 나의 평소 생각이기도 하지만 이번 전람회는 유독 흑백 사진뿐이었다. 그것도 공원이나 뒷골목, 고양이, 비둘기, 노숙자들을 촬영한 클래식한 느낌이 나는 것들로 (실제로는 지난 반년간 찍은 작품인 듯싶지만), 신지도 마음에 들어 하는 눈치였다.

"지난번에, 왜 있잖아, 누구 사진전이었더라? 찌부러진 콜라 캔만 클로즈업시켜 여러 각도에서 촬영한 거. 그것보다 훨씬 이해하기 쉽네.”

따위의 말을 한다.

하시모토 씨는 안에서 누군가와 이야기 중이었다. 잠시 기다리다 다시 보니, 이번에는 다른 사람들에게 에워싸여 있었다. 도시 이런 파티는 인사할 타이밍을 잡기가 어렵다.

“미요.”

돌아보니 리츠코가 서 있었다. 검은 스웨터에 선명한 녹색 아라비아 팬츠, 허리에 금색 벨트를 매고 있다.

“오랜만이야. 잘 지냈어?”

리츠코의 웃는 얼굴이 화사하다. 11월의 도쿄에서 이 사람은 어떻게 이런 구릿빛 피부를 유지할 수 있을까.

“웬일이야. 신지 씨도 함께라니.”

“오랜만입니다.”

예의 바르게 인사한 신지는 리츠코가 맨손임을 알아차리고 묻는다.

“뭐 좀 드시겠습니까?”

미즈와리(물 탄 위스키_옮긴이)를 가지러 간 신지의 뒷모습을 바라보며 리츠코가 생글거리면서 말한다.

“미요도 대담한 구석이 있다니까.”

"대담?"

나는 신지의 뒷머리에 시선을 빼앗긴 채 되물었다.

"쿠즈하라 씨도 와 있잖아."

리츠코가 목소리를 낮춘다.

"가슴이 좀 찔리지 않아?"

보나마나 나는 어리둥절한 표정을 짓고 있었으리라. 쿠즈하라 씨와는 좀 전에 만나서 인사했다. 하시모토 씨한테도 이제 인사하러 갈 참이다.

"……"

나는 내 가슴속을 곧장 들여다보았다. 조금도 찔리는 것 같지 않았다. 켕기는 마음 따위 전혀 없다. 개운하고, 아무런 곤혹감도 혼란도 없다.

"자, 여기."

돌아온 신지가 미즈와리를 건넨다.

"고맙습니다."

잔을 받아든 리츠코가 의미심장한 미소를 내게 보이고는 발길을 돌려 멀어져 간다.

"왜 그래?"

신지가 내게 뭔가 물을 때면 안경 속 신지의 눈도 어김없이 부드럽게 묻는 표정이 된다. 그 부드러움은 매번 나를 지독한 고독의 나락으로 빠뜨리건만.

"아무것도 아냐."

신지의 가슴이 아플지도 모르겠단 생각이 들었다. 신지는 내가 신지 이외의 남자에겐 아무런 흥미도 없다는 것을 너무나 잘 알고 있다. 때문에 쿠즈하라 씨나 하시모토 씨를 만나는 일은 그에게 너무나 가슴 아픈 일일지도 모른다.

나는 금세 후회했다.

"그만 돌아가요. 너무 피곤해."

신지가 가슴 아픈 건 싫었다. 다른 사람은 몰라도 신지한테만은 상처 주고 싶지 않았다.

"……나야 상관없지만."

신지가 납득이 가지 않는다는 얼굴을 한다.

"배고파."

나는 신지의 팔을 잡으며 말했다. 쿠즈하라 씨나 하시모토 씨는 이미 내 시야에서도 사고에서도 사라지고 없었다. 내 멋대로라고 해도 파렴치하다고 해도 상관없다.

"뭐 먹고 싶어?"

신지의 얼굴을 올려다보며 물었다. 상황이 어떻든 목소리가 녹신녹신해지고 만다. 나야 제멋대로이든 파렴치하든 상관없지만, 그런 나를 신지가 알게 된다면 슬퍼하겠지. 그 생각이 한없이 나를 힘들게 한다. 신지는 화내지 않는다. 그저 슬퍼할 뿐이다.

우리는 엘리베이터에 올라 1층 버튼을 눌렀다.

"회사 안 들어가도 돼?"

나는 연거푸 고개를 끄덕이고 나서, 엘리베이터 문이 닫힐 동안을 못 참고 신지의 목을 끌어안았다.

"택시 승강장 앞에서 팔던 군밤 사 먹자."

모양 좋은 귀에 입을 가까이 대고 말한다.

"그래, 그러자."

신지는 작은 소리로 대답하고 내 머리를 끌어안았다.

대체 언제부터 이렇게 돼 버렸을까. 모든 것이 녹신녹신하니 윤곽도 뿌옇고 내게는 행복과 불행이 구별되지 않는다.

기분 좋게 추운 밤이었다. 자동차 불빛이 잔뜩 번졌다가는 반짝이면서 흐른다. 배기가스 냄새. 나는 이 냄새가 싫지 않다. 겨울날 긴자의 밤 냄새.

"미요는 내일 일찍 나가?"

신지의 물음에 그렇지 않다고 대답했다. 고노 씨와는 11시에 나리타 공항에서 만난다. 시코쿠에 가기로 되어 있다. 시코쿠는 틀림없이 여기보다는 조금 따뜻하겠지.

"오늘은 등에 딱 달라붙어 자도 돼?"

나는 녹신녹신한 목소리로 말하고, 신지도 녹신녹신한 목소리로 대답한다.

"되고말고."

"대단한 사진은 아니었어. 그치?"

내 말에 신지가 피식 웃었다.

밤과 아내의 세제

아내가 나와 헤어지고 싶다고 했다. 우리, 대화 좀 하자며.

밤 10시가 지난 시각이었다. 나는 피곤했다. 우리는 결혼 5년째로 아직 아이는 없다.

모르는 척 살 순 있다고, 아내는 말했다. 하지만 설사 모르는 척한다 해도, 있는 사실이 없어지는 건 아니라면서.

내가 아무 대꾸 없이 텔레비전만 보고 있자 아내는 텔레비전을 꺼 버렸다. 뭘 모르는 척하고 산다는 건지, 뭐가 없어지는 게 아니란 건지, 나로선 도무지 알 수가 없다. 늘 벌어지는 일이다.

곁에 버티고 서서 나를 노려보고 있는 아내의, 페디큐어가 벗겨지기 시작한 발톱이 눈에 들어왔다.

"리무버?"

내가 말했다.

"네일 리무버가 없어서 페디큐어를 못 지우는 거지? 그래서 조바심 내는 거 아냐?"

내 목소리에는 기대와 안도가 반반 실려 있었다. 아내는 고개를 옆으로 흔들었다.

"그럼, 그 화장 솜. 대신 티슈를 쓰라고 해도 당신이 절대 안 된다고 하는, 그 솜이 없는 거야."

아내는 한숨을 쉬며 아니라고 대답했다.

"내 말은 그런 게 아니야. 리무버도 화장 솜도 다 있어. 페디큐어가 벗겨지는 건 바빠서 관리할 시간이 없었을 뿐이라고."

시간. 그건 나로서도 어쩔 수 없다.

나는 아내를 사랑하고 아내에게 힘이 돼 주고 싶다. 하지만 가게에서 팔지 않는 물건을 내가 어쩌랴.

"내 말 좀 들어. 우린 따로따로 살아야 할 것 같아. 틀림없이 좋은 친구가 될 수 있을 거야."

나는 아주 진절머리가 났다. 오늘 밤은 아무래도 잠자긴 다 틀린 것 같다.

"쓰레기봉투는 얼마나 남았어?"

남편으로서 최선을 다하겠노라 마음먹었다. 아내의 가장 큰 특징은 묻는 말에는 꼬박꼬박 대답한다는 점이다. 화가 나 있다가도, 울고 있다가도, 질문하면 반드시 대답한다.

"세제는? 우유는? 다이어트 콜라는?"

나는 아내가 생활하는 데 필요로 하는 것들을 줄줄이 늘어놓았다.

"쓰레기봉투는 잔뜩 있어. 세제는 얼마 안 남았지만, 우유도 다이어트 콜라도 다 있어. 내가 하려는 말은 그런 것들과는 아무 상관이 없어. 부탁이니 진지하게 좀 들어."

난 듣고 있지 않았다. 이미 현관에서 신을 신고 있었다. 그만두라느니 들어 보라느니 하는 아내의 목소리를 뒤로 하고 밖으로 나가 편의점으로 향했다. 집집의 창에 불이 밝혀져 있다.

아내가 좋아하는 세제는 분홍색 병에 들어 있다. 분홍색 병에 든 세제는 몇 종류가 있었지만 아내가 쓰는 건 뚜껑도 분홍이다. 나는 그 세제를 다섯 병 샀다. 다이어트 콜라와 우유도 샀다. 쓰레기봉투와 네일 리무버도. 화장 솜도. 간 김에 주먹밥도.

짐은 무척 무거웠다. 부스럭부스럭 소리를 내는 하얀 비닐봉지가 집에 가는 도중에 찢어질까 겁날 정도다.

현관에 나온 아내의 얼굴이 슬퍼 보였다.

"뭐하자고 또 그렇게 잔뜩……."

양은 중요하다.

비닐봉지 속 물건들을 하나하나 식탁 위에 꺼내 놓으면서 아내는 다시 한숨을 쉰다.

"당신이란 사람은 정말이지 남의 이야기를 듣질 않아. 다이어트 콜라는 있다고 내가 말했지? 우유도. 쓰레기봉투도."

그리고 문득, 웃음을 터뜨린다.

"당신, 도대체 왜 그래? 사람 말할 땐 안 듣고."

손에 리무버를 들고 있다.

나의 승리다.

시미즈 부부

시미즈 부부는 메구로에 살고 있다.

내가 그 부부를 만난 곳은 '킷포시吉法師'라는 국숫집 2층이었다. 두 사람은 그곳에서 대낮부터 청주를 마시고 기분 좋게 취해 있었다. 튀김류도 집어 먹고 있었던 것 같다. 때는 여름이었고, 시미즈 씨는 하얀 마직 수트, 부인은 연한 물색 바탕에 진한 자줏빛 위령선 꽃이 그려진 마직 민소매 원피스 차림이었다. 그 곁에는 다 낡아 빠진 얼룩말 인형이 놓여 있었는데, 부부는 그 봉제 인형에 앞치마를 입히고 마치 어린아이를 대하듯 살뜰하게 보살피고 있었다.

나와 친구는 옆 테이블에서 메밀국수를 먹다가 그들의 모습을 무심코 보게 되었다. 부부의 연령은 어림잡아 삼십 대 후반 아니면 마흔쯤으로 보였다.

"고양이 말인데."

다케노부가 그날 아침부터 내내 그랬다시피 구시렁거리기 시작했다.

"역시 무리야, 이웃에서 불만의 소리도 나오고."

다케노부와 나는 학창 시절 연인 사이로, 졸업하고 헤어졌는데 헤어지고 바로 다케노부에게 여자가 생기고, 하지만 결국 깨지고, 나도 남자가 생겼으나 얼마 못 가 헤어지고, 그러는 동안에도 우리는 줄곧 좋은 친구 사이였다. 주변 친구들은 다시 연인 사이로 돌아온 것 아니냐며 왈가왈부하지만 그렇지는 않고, 시미즈 부부를 만나게 된 그해 여름, 내게는 따로 좋아하는 남자가 있었다.

"싫어."

나는 단박에 대답했다.

보름쯤 전, 나는 새끼 고양이를 주웠다. 집 근처 편의점 쓰레기통 옆에서. 바들바들 떨고 있기에 집으로 데려왔는데 갑자기 오줌을 지리고, 우유를 주자 접시에 얼굴을 박고 먹어 댔다. 온몸이 부드러운 노란 털로 덮여 있는 그 고양이에게 나는 '노랑이'라는 이름을 붙여 주었다.

"집이 엉망이잖아. 냄새도 나고."

다케노부는 점차 열을 올렸다. 그의 말마따나 집 안 꼴은 말이 아니었다. 벽이며 문짝에는 온통 발톱 자국투성이인 데다 커튼 자락이 터져 여기저기 주름이 가고, 책도 몇 권 희생되었다. 노랑이는 책 표지를 갈가리 찢어 놓는 것을 좋아했다. 그리고 여기저기 뛰어오르는 바람에 점토 인형이니 사진틀이니 재떨이니 컵 같은 소품들이 죄 바닥에 떨어지고 부서졌다.

"게다가, 낮 동안 저 혼자 가둬 두는 것도 가엾고."

파파스의 짙은 갈색 폴로셔츠와 흰 바지 차림의 다케노부. 그의 말이 옳다는 건 나도 알고 있었다.

"그래도 싫어."

나는 고집스럽게 반복했다.

"노랑이가 어떤 눈으로 날 바라보는지 알아? 고 장난감처럼 조그만 머리로, 완전히 신뢰하는 듯한 얼굴을 하고, 나를 말끄러미 본다니까."

정말 그랬다. 노랑이는 예쁜 은행 모양 눈을 해 가지고, 내가 자고 있으면 앞발로 나를 밟으며 가슴 위로 올라와 내 얼굴을 빤히 들여다본다.

"게다가 때때로 입을 짝 벌리고 작은 이빨을 죄 드러내며 야옹 야옹 울기도 해. 그건 아무리 봐도 '아ㅡ' 하고 말할 때의 입 모양인데, 나오는 소리는 '야옹'이야."

"정말요?"

시미즈 부부가 끼어든 것은 바로 그때였다. 나도 다케노부도 흠칫 놀랐다. 그러나 부인은 개의치 않고 물었다.

"그 고양이, 정말로 그렇게 귀여워요?"

다다미 바닥에 한쪽 손을 짚고 우리 테이블로 몸을 반쯤 내밀다시피 하고서.

그러더니 내 대답도 듣기 전에 남편을 보며 말한다.

"나, 고양이는 문제없어요. 전에 내가 말했던가? 아마코 숙모네서 고양이를 키웠다고. 엄청 뚱뚱한 얼룩 고양이인데, 게으르긴 해도 영리한 고양이여서……."

나와 다케노부는 졸지에 이야기를 중단당한 꼴이 되어, 어째야 좋을지 몰라 서로 얼굴만 마주 보았다. 메밀국수는 이미 다 먹은 후였다.

그만 나갈까, 하고 다케노부가 온몸의 기운을 사용하여 전달하기에 자리에서 일어나려는데,

"그럼, 지금 보러 갈까?"

하는 시미즈 씨의 목소리가 들렸다.

놀랍게도 부부는 밖에 차까지 대기시켜 놓았다. 운전기사가 딸린 자가용이었다. 우리 아파트까지는 걸어서 5분 정도밖에 안 걸리기 때문에 차를 탈 필요는 없었지만, 그러면 운전기사가 곤란하겠단 생각에 결국 어영부영 그 차에 올랐다.

노랑이는 내가 외출했다 돌아오면 늘 그렇듯, 온 집안을 미친 듯이 뛰어다니며—커튼에 기어오르는 행동도 포함하여—환영의 뜻을 표했다. 시미즈 부부는 재밌다는 듯이 그 모습을 바라보았다.

그날 국숫집에서 다케노부와 내가 먹은 점심값도 부부가 냈다. 그렇지만 결코 불쾌한 느낌이 아니라, 뭐랄까, 마침 거기에 돈이 있어서 내는 거라고 상대가 편안히 여길 만한 방식이었다.

집에는 의자가 두 개밖에 없다. 그 때문인지 부부는 의자를 권해도 앉지 않고 선 채로 노랑이를 바라보았다. 부인은 안고 있던 얼룩말 인형을 시미즈 씨에게 맡기고, 쭈그리고 앉아 한 손을 내밀었다.

"쭈쭈쭈쭈."

라는 듯한, 혹은,

"쯧쯧쯧쯧."

220

라는 듯한 혀 차는 소리를 내며 노랑이를 불렀다. 노랑이는 불리는 대로 쫓아와 안기고, 금세 목을 가르릉거리면서 아양을 떨었다.

시미즈 부부와는 그렇게 만났다. 유별난 부부라고 생각했다.

부부는 우리 아파트에서 그리 멀지 않은 곳에 산다며, 필요하면 언제든 노랑이를 맡아 주겠다고 했다.

시미즈 씨의 이름은 '이쿠오'이고, 부인의 이름은 '나미'이다. 하지만 내가 그 사람들의 이름을 알게 된 것은 시간이 좀 지나고 나서였다.

부부가 집에 찾아온 지 닷새 후에, 결국 나는 노랑이를 맡기기로 했다. 날마다 파괴되는 집안도 문제지만, 내가 직장에 나가 있는 동안 집에 혼자 가둬 두는 것도 못할 짓이었고, 퇴근해 들어와 베란다에 내놓으면 난간을 타고 남의 집에 들어가 화분을 넘어뜨린다든지 오줌을 지려 이웃의 원성을 사기 십상이었다.

전화하자, 부부가 차례차례 전화를 바꿔 가며 환영한다고 했다. 노랑이도 당신도 모두 환영이에요, 라고.

"맡아 주셨으면 하는 건 노랑이뿐인데요."

내가 몸을 사리듯 말하자, 시미즈 씨가 조그맣게 웃었다.

"알고 있습니다."

그제야 내가 바보 같은 소리를 했다는 걸 깨닫고 부끄러운 마음이 들었다.

부부의 집은 상상 이상으로 훌륭한 저택이었다. 오래된 목조 일본 가옥으로 마당에 나무들이 무성하고 높은 담으로 둘러싸여 있어서 밖에서는 안의 모습이 보이지 않는다.

약속한 시간—토요일 오후 2시—에 찾아갔으나 부부는 집에 없고, 대신 가정부가 나를 맞이했다.

"두 분께선 급한 용무로 출타 중이시라, 대단히 죄송하단 말씀 전해 드리라고 하셨습니다."

곧 들어오실 테니 안에서 기다려 주십사 하기에 나와 노랑이는 응접실로 안내받아 들어갔다.

마당에는 길이 두 갈래로 나 있었다. 차고로 이어지는 자갈 깔린 길과, 징검돌을 따라 현관까지 이어지는 길. 대문 안으로 발을 디딘 순간 바깥보다 온도가 낮게 느껴진 건, 나무들에 물이 뿌려져 있던 탓인지도 모른다.

오늘을 위해 일부러 펫 숍까지 가서 구입한 이동장 안에 노랑이는 타월과 함께 넣어져 있었다. 마당에 들어서자마자 노랑이가 특유의 쉰 목소리로 울었던 기억이 난다.

의자 등받이에 하얀 커버가 씌워진 응접세트는 난생 처음 보는 거였지 싶다. 에어컨은 없고 대신 회색 선풍기가 돌아가고 있었다. 일본 가옥인데도 내부는 서양풍이어서, 유리창 일부가 빨갛고 파란 스테인드글라스로 되어 있었다.

그날 이후 종종 찾게 되는 그 집에서, 나는 내어져 나온 엽차를 마시며 시미즈 부부의 귀가를 기다렸다. 작은 나무장과 책상, 큼직한 스테레오. 그리 넓은 방도 아닌데 그러한 집기들이 응접세트와 함께 배치되어 있었다. 그러나 신기하게도 답답하다는 느낌은 들지 않았다.

야옹.

노랑이가 이따금 쉰 목소리를 냈다.

거의 30분이 지나 시미즈 부부가 돌아왔다. 응접실에서 두 사람을 본 순간, '급한 용무'가 무엇이었는지 바로 알 수 있었다. 두 사람 다 문상복 차림이었으므로.

"안녕하세요."

나는 퉁기듯이 일어나 고개 숙여 인사했다. 티셔츠에 점퍼 차림의 내 모습이 그 자리와 영 안 어울린다는 생각이 들었다.

부부는 오랜 친구를 맞이하듯 친근한 얼굴로 웃었다. 하필 약속한 날 집을 비운 것을 사과하고 나서,

"하지만 꼭 가 봐야 하는 자리라서."

하며 손에 든 종이 백을 들어 보였다.

"장례식에 다녀오셨나요?"

내가 묻자 부인이 희색을 띠며—실례일지 모르지만 달리 표현할 말이 없다—그래요, 라고 대답했다.

"아침에 일어났더니 신문에 부고가 실려 있어서, 깜짝 놀랐지 뭐예요."

그렇게 말하며, 종이 백에서 작은 소금 봉지와 만두, 초밥 상자를 꺼내 하나하나 확인한다.

"예순여덟 된 분이신데, 요즘에야 아직 젊은 나이잖아요?"

시미즈 씨는 부인 곁에 편안히 앉아, 만족스러운 듯이 이야기를 듣고 있었다.

"바로 기계로 검색해 봤죠. 기계라 하면, 왜 있잖아요, 컴퓨터. 그거 진짜 편리하던데요."

창밖에서 매미가 울고 있었다. 발치에 노랑이의 이동장을 내려놓은 채 나는 가만히 앉아 있었다.

부부는 으레 '장례식 후엔 장어'로 정해 놓았다며, 근처 장어집에 자리를 예약해 두었으니 한사코 함께 가자고 했다. 노랑이 이야기는 거기서 천천히 나누자는 부부의 말에 나는 송구스러운 마음으로 두 사람을 따라갔다. 아닌 말로, '독을 먹으려거든 접시까지'라는 심경이었다.

저녁 무렵의 장어집에서 부부는 느긋하게 술을 마셨다. 시라야키(양념 없이 불에 직접 구운 장어_옮긴이)니 야채 절임을 안주 삼아 맛있게 술을 마시고, 묵직한 장어 덮밥을 먹으면서 다시 술을 마셨다. 자리는 모두 네 사람분이 예약되어 있었고, 그중 하나는 얼룩말 인형을 위한 자리였다.

부부는 그 장어집에서 정치에 관해 이야기했다. '세상 떠난 친구'가 정치인이었단다. 그 정치인의 부인이 '선거 때마다 몸무게가 10킬로그램이나 빠지는데, 다음 선거 때까지 15킬로그램이 찌므로 결국 5킬로그램씩 불어나는 셈'이라고 했다나 뭐라나.

그런가 하면 시미즈 씨는 갑자기 진지한 얼굴을 하고 조용히 중얼거리기도 했다.

"아무리 그래도 이 나라가 어찌 되려는지."

"누가 아니래요."

그 곁에서 부인도 걱정스러운 얼굴을 한다.

"날씨만 해도 올해는 이렇게 더우니."

시미즈 씨가 말했다.

"'더워 1엔 법' 같은 건 어떨까? 말하자면 이런 건데."

그러고 나서 다잡고 앉아 설명하기 시작한다. 아나운서라도 된 양 헛기침을 한차례 하고 나서.

"덥다 더워, 하는 소리를 누구나가 인사처럼 입에 올리는 오늘날. 정부는 불쾌감을 부추기는 '더워!' 소리의 연발을 금지하는 동시에 그 벌금으로 나라의 적자를 보충하는 법안을 다음 국회에 제출할 예정입니다.

정부에 따르면, 유아를 제외한 약 1억 인구가 발하는 '더워' 소리는 하루 평균 약 14.6억 회에 이르고, 하루 벌금 수입은 14억 6천만 엔, 한여름에는 일인당 한 달 평균 438억 엔의 수입이 예상되고 있습니다.

당장은 신고제를 도입할 예정입니다만, 실제 '더워'라는 목소리와 벌금의 차이가 클 경우, 밀고제 및 도청도 불사할 태세입니다."

나는 어리둥절하지 않을 수 없었다. 이런 일을 시미즈 씨는 진지한 기색으로 제안하고, 부인은 부인대로,

"하지만 매스컴의 반발이 예상되는군요."

하고 응수한다.

"언론의 자유가 어떻고 기본적인 인권이 어떻고, 여러 가지 이유를 내세우는 사람이 나올 게 뻔한 걸요."

예를 들면 위와 같은 이야기를 부부간에 끊임없이 주고받

왔다.

심플한 검정 원피스 차림의 시미즈 부인은 아름다웠다. 새빨간 립스틱은 장례식엔 좀 과하다 싶었지만, 그래도 솔직히 무척 아름다웠다. 게다가 빨간 립스틱을 진하게 바르고 가는 것이 그녀 나름의 추도 방식인 것 같았다.

"노랑이에 대해선 걱정 말아요."

막상 자리를 뜰 단계가 되어서야 부인이 그렇게 말해 주었다.

"그렇게 귀여운 고양이는 좀체 없거니와, 우리가 살뜰하게 보살필 테니까요."

그 말에 나는 안심했다.

"언제든 또 보러 와요."

부부의 그런 말을 끝으로 나는 장어집을 나왔다.

그 여름, 나는 자주 부부의 저택을 방문했다. 노랑이가 보고 싶어서이기도 했지만, 그 이상으로 부부를 만나는 일이 즐거웠다. 그 집엔 시간이 특별한 방식으로 흐르고 있어서, 나의 일상—회사라든지, 이제 막 시작한 사랑이라든지, 여름휴가인데도 고향에 내려오지 않는 딸에게 화가 나 있을 게 뻔한 부모님이라든지—으로부터 나를 멀찍이 떼어 놔 주는 것만 같았다.

부부는 언제 어느 때고 나를 반갑게 맞아 주었다. 노랑이는 원기 왕성했다. 마치 처음부터 그 집 고양이였다는 듯이 마당의 나무에 올라가기도 하고 응접실 스테레오 뚜껑 위에 앉아 졸기도 했다.

시미즈 씨는 직업이 없고 부인은 조각가라고 했다. 조각으로 돈을 번 적은 한 번도 없고, '그저 혼자서 계속 만드는 타입의 조각가'라고, 시미즈 씨가 자랑스럽게 설명해 주었다. 자연스럽게 알게 된 사실인데, 그들 부부는 상속받은 유산으로 생활하는 사람들이었다. 신탁 예금 외에 토지도 많이 물려받았는데 유지하지 못하고 죄 팔아 치웠단다. 그렇지만 '아이도 없으니 이대로 재산을 탕진할 생각으로' 살고 있다고. 두 사람 다 싱긋 웃으며, 행복하다기보다 오히려 난감하다는 듯이, 어쩔 수 없는 일이라는 듯이, 그렇게 말했다.

부부의 생활상은 우아하면서도 기묘했다. 가 보면 종종 집을 비울 때가 있는데, 그건 어김없이 장례식 때문이었다. 아니나 다를까, 문상복 차림의 두 사람이, 부인은 빨간 립스틱을 짙게 바르고 남편은 가슴에 검은 포켓치프를 꽂은 채 귀가한다.

"장례식이 자주 있네요."

장어집 객실에서 그렇게 말하자,

"취미인걸요."

라는 대답이 돌아왔다. 시미즈 부부의 '유일하게 같은 취미'라고 한다.

"장례식만큼 근사한 것도 없을 거예요."

정열을 담아 부인이 말하고,

"인간은 모두, 그날을 향해 살아가는 셈이니까."

라고, 시미즈 씨가 보충 설명한다. 시라야키를 쑤석이고 느긋하게 술잔을 기울이면서.

아침에 배달되는 조간신문의 부고란을 보고, 이거다 싶은 사람의 장례식에 참석한단다.

"부고란이란 게 또 깊은 맛이 나거든요. 부조리하리만치 간결하죠."

부부의 말에 의하면, 장례식장에서 고인과의 관계를 캐묻는 사람은 없단다.

"어느 누구의 장례식에 가든, 신묘하고 경건한 마음이 들죠."

그래서 조의금도 마음을 담아 전한다고 한다.

장례식에 관해 이야기할 때면 두 사람 다 수다스러워졌다. 부인은 몰라도 시미즈 씨에게는 차분한 인상을 갖고 있던 터라 나는 조금 놀랐다.

"사랑받은 사람도 사랑받지 못한 사람도, 성공한 사람도 실패한 사람도, 누구나가 알고 있는 일도 비밀에 부쳐진 일도, 전부 그곳에서 해방되는 거죠. 거기까지. 다음은 아무것도 없는 해방."

살면서 장례식을 그런 식으로 받아들인 적이 한 번도 없었기에 나는 신선한 느낌이 들었다.

"신선하네요."

그래서 그렇게 말했다. 시미즈 씨는 내 얼굴을 보고, 다음 순간, 정말 기뻐 웃는 얼굴이 되었다.

"그렇습니다."

갑자기 눈을 들여다보기에 나는 당황했다.

"다음번엔, 당신도 꼭 같이 가 보면 좋을 텐데. 상쾌한 기분이 들 겁니다."

나는 오이주를 마셨다. 시미즈 씨의 어조는 예를 들면, 별을 좋아하는 소년이 플라네타륨(반구형의 천장에 설치된 스크린에 달, 태양, 행성 따위의 천체를 투영하는 장치_옮긴이)에 대해 이야기하는 그것과 비슷했다.

여름 막바지에 나의 연애는 조금 진전을 보였다. 좋아하는 남자와 처음으로 잠자리를 한 것이다. 서로 어색한 한때였으나, 만족감은 있었다. 다케노부에게 보고하자 그도 축복해 주었다.

"나도 말이야."

그리고, 묻지도 않았는데 다음과 같이 고백했다.

"나도 좀 괜찮다 싶은 여자가 있어서 말이야. 헤헤, 그럭저럭
괜찮은 상태라는 거지."

"뭔 웃음이 그래."

헤헤, 소리가 너무 경박해 보여, 그렇게 말하곤 전화를 끊었다.
하지만 뭐, 피차 괜찮은 상태라면 그보다 더 좋은 일은 없다.

시미즈 부부는 연애 끝에 결혼을 한 건 아니란다.

"이 사람이 원래 남자의 근육에 혹하는 타입인데, 나는 그쪽과
는 거리가 멀죠."

시미즈 씨는 겸손했다.

"어머, 이 양반은요, 왠지 덧없어 보이는 여자를 좋아하는데,
그건 내가 어떻게 해 줄 수 있는 문제가 아니라서."

우리는 예의 장어집 객실에 있었다. 나도 문상복 차림이었다.
시미즈 부인에게 옷을 빌려 셋이 장례식에 다녀오는 길이었다.

"그럼, 두 분은 어떻게 결혼하셨어요?"

흥미가 생겨 물어보았다. 부인은 우후 웃고, 시미즈 씨는 후후

웃었다. 그러고 나서 두 사람을 대표하듯 시미즈 씨가 대답했다.

"사람의 일생에 대한 사고방식이 비슷해서겠죠."

그러자 곁에 있던 부인이 정정했다.

"나는, 같았기 때문이라고 말하겠어요. 관용적인 표현에 현혹되지 말고 정확히 말해야 하거든요."

그건 다시 말해, 부부가 나란히 장례식을 좋아한다는 뜻일까. 나는 내심 의아스러웠다.

그날의 장례식은 도쿄 외곽의 장지에서 치러졌다. 고인은 화가로, 시미즈 부인의 말에 의하면 '멍해 보이는 착한 그림을 그린' 사람이란다.

난생 처음 낯선 이의 장례식에 참석하다 보니 마음이 몹시 켕겼다. 나쁜 짓이라도 하는 듯한, 거짓말을 하는 듯한, 누군가를 속이는 듯한 기분이 들었다. 당장이라도 누군가가 나를 불러 세우곤, 당신 누구요? 하고 물을 것만 같아 가슴이 조마조마했다. 그러나 그런 기분도 오래가진 않았다. 독경 후에 문상객 한 사람 한 사람의 헌화가 있고, 중앙에 장식된 고인의 영정 사진만을 의지 삼아 낯선 사람들끼리 조용히 치르는 그 의식은 나를 평온하게 했다. 어디 그뿐이랴. 고인의 지인이었다면 슬픔에 방해받아 보이지 않을지도 모르는 것—장엄함, 생을 다했다는 밝은 청결

함 같은 것—이 느껴지고, 이 장례식을 가장 객관적으로 지켜볼 수 있는 증인으로서 우리 세 사람—얼룩말을 포함하면 네 사람—이 고인에게 환영받고 있다고나 할까, 마치 고인과 공범이라도 되는 듯 묘하게 으쓱한 기분이 들기도 했다.

나는 시미즈 부인에게 빌린 검정 원피스의 왼쪽 가슴에 작고 하얀 코르사주를 달고 갔다. 너무 눈에 띄는 게 아닐까 걱정했지만, 시미즈 부인이 "장례식에는 뭔가 감흥을 줄 만한 특별한 물건이 필요해요."라기에 그 말에 따랐다. 따르길 잘했다는 생각이 들었다. 그건 고인에 대한 경의인 동시에 내가 주체적으로—의리도 뭣도 아니라—그 자리에 참석하고 있다는 표식처럼 여겨졌다.

장례식이 치러지는 동안, 나직한 볼륨으로 바흐의 음악이 흘러나왔다.

"카살스네."

시미즈 부인이 중얼거렸다.

장어는 생명 자체의 맛이 났다. '장례식 후에는 으레 장어'라고 시미즈 부부가 정해 놓은 이유를 알 것도 같았다. 나는 지금 살아 있고, 잘 구워져 기름기 잘잘 흐르는 고소한 장어를 양념 바른 밥과 산초 된장과 함께 맛보고 있는 거다.

"그런데 놀랐어요. 두 분, 정말로 눈물이 글썽하던걸요."

컵에 맥주를 따르다 생각이 나서 말했다. 시미즈 부인이 우후후, 하고 웃으며 고개를 움츠린다.

장례식 후, 별실에서 가벼운 식사 자리가 마련되었는데, "고인과는 일 관계로?" "정말, 애석한 일이지 뭐예요."라는 유의 추억담이 오가는 그 자리에 부부는 주눅 드는 기색 하나 없이 참석했다. 전날의 사전 조사를 토대로 "그 전람회는 참 근사했어요."라든지, "그게 언제였더라, 선생님이 교통사고 입은 적 있죠? 그런데 그때도 곧 일에 복귀하셔서. 참 다부진 분이셨으니까." 하면서, 아무 무리 없이 대화에 참여했다.

"선생께선 농담도 좋아하시고, 맛있는 것도 즐기시고, 정말 풍류를 아는 분이셨는데. 이제 안 계신다고 생각하니 믿어지질 않아요."

화랑의 여주인이라는 중년 여성이 눈물을 글썽이며 말하자,

"입원해 있는 동안, 병원 밥을 영 내켜하지 않았죠. 그래도 전, 어떻게든 뭐라도 드시게 하려고 애썼는데. 지금 생각하면 가여울 따름이에요."

라고 과부가 목소리를 쥐어짜며 말했다. 시미즈 부인도 함께 눈물을 글썽이면서 격려했다.

"사모님의 심정은 누구보다 선생께서 잘 알고 계시겠죠. 고맙게 여기실 거예요, 틀림없이."

"이 사람이 워낙 감정 이입이 빨라서요."

재밌다는 듯이 시미즈 씨가 말했다.

그러고 나서 부부는 장어집 객실에서 차를 마시며 그림에 대해 대화를 나누었다. 시미즈 씨는 가쓰시카 호쿠사이를 칭찬하고, 부인은 오기스 다카노리의 작품을 좋아한다고 말했다. 나와 얼룩말은 잠자코 두 사람의 이야기를 듣고 있었다. 창문으로 들어오는 바람에서 희미한 선향 냄새가 나는 것 같았다.

그 후로도 나는 몇 차례 더 부부와 함께 장례식에 참석했다. 부부가 하루 전날 전화를 걸어와 내일 누구누구의 장례식이 있는데 어떻게 하겠냐고 물어 오는 식이었다. 대기업 중역의 장례식일 때도 있고, 학자의 장례식일 때도 있고, 때로는 전혀 유명하지 않은 이웃 누구누구의 장례식일 때도 있었다.

나는 그 매력에 서서히 빠져들고 있었다. 실제로, 장례 의식은 아름답고 깨끗한 세리머니였다. 죽음이란, 가까운 사람뿐만 아니라 누구에게든 명백한 사실이자 상실이다.

나는 경조 휴가를 내고 장례식에 갈 때도 있었다. 어쩐지 사명

감 비슷한 기분이 들었다. 망자가 기다리고 있는 듯한, 혹은 내 자신의 내부에서 무언가가 그곳에 가 주길 바라고 있는 듯한.

나의 사랑은 조금도 무르익지 않았다. 표면적으로는 순조로워서 데이트가 거듭되고 몸도 섞었지만 충족감이 모자랐다.

"그러게요."

어느 날 저녁, 시미즈 씨 댁 거실에서 그런 이야기를 털어놓자, 부인이 고개를 갸웃했다.

"사랑은 진심을 다하면 죽음과 맞먹을 정도로 강렬한 것인데 말이에요."

이미 선풍기는 모습을 감추고, 대신 가스히터가 놓여 있었다.

"그렇지."

시미즈 씨도 마찬가지로 고개를 갸웃하고는,

"하지만 죽음의 강렬함을 알고 나면, 어지간한 사랑에는 재미를 못 느낄걸요."

라는 말과 함께 동정 어린 미소를 지었다.

"성가신 문제죠."

라고.

나는 브랜디 초콜릿을 먹고 홍차를 마시면서, 지금껏 부모님은 물론 친구나 연인한테서도 얻지 못한 '완벽한 이해'라고 할 만한 것을 시미즈 부부한테서 얻고 있다는 생각이 들었다.

"우리야 이미 한차례 경험한 일이라 괜찮지만, 당신은 아직 젊어서 어려움이 많겠네요."

"경험했다고요?"

부부는 나란히 고개를 끄덕이고, 부끄러워하는 기색도 없이 피차 상대의 '경험'에 대해 간추려 설명해 주었다.

"이 사람은 워낙 감상적이라서, 사랑에 빠지는 자질을 갖추고 있죠. 한번은 스무 살이나 많은 남자에게 빠져서 그 남자의 아내와 한바탕 난리를 치르고 사랑의 도피까지 했는데 남자가 병이 나는 바람에……."

시미즈 씨가 말을 멈추는 바람에 짬이 생겼다.

"그게, 당신이 몇 살 때였지?"

스물두 살이요, 라고 대답한 부인은 놀랍게도 미소를 짓고 있었다.

"그분, 돌아가셨나요?"

호기심을 억누르지 못하고 물어보자, 부부가 나란히 고개를 옆으로 흔들었다.

"입원했는데, 몸도 쇠약해지고 헛소리처럼 부인의 이름을 불러 대기에 돌려보내는 수밖에 없었어요. 그랬는데."

거기서 말을 끊고 부인은 서글픈 듯 작은 소리로 웃었다.

"그랬는데, 그 후 회복돼선 말이죠, 엽서를 보내왔어요."

"아, 맞다. 엽서가 왔었지."

시미즈 씨가 말하고, 벽을 가리켰다.

"저거였지?"

색 바랜 그림엽서가 벽에 붙어 있었다.

"이 양반은 어떻고요, 이래 봬도 열정파였던 모양이에요. 난 잘 모르지만, 유학 갔던 덴마크에서 평생을 건 사랑을 했거든요. 앨범 좀 보여 주지 그래요?"

그것도 그 거실에 놓여 있었다. 베이지색 천을 씌운 두터운 앨범은, 어디를 펼쳐도 행복해 보이는 젊은 연인—시미즈 씨와 문제의 덴마크 여성—의 사진으로 가득했다.

"주위의 반대를 무릅쓰고 결혼했지만, 이 양반이 그녀를 집에 가둬 버렸어요."

우습다는 듯이 부인이 말하고, 시미즈 씨도 옆에서 미소 띤 얼굴로 그리운 듯 맞장구를 쳤다.

"색정이란 사람을 미치게 만드니까요."

여하튼 그 연금 사건으로 인해 결국 경찰까지 관여하게 되었다는, 들으면 들을수록 처절하기 짝이 없는 이야기였다.

나는 어찌할 바를 몰랐다. 부부의 과거 때문이 아니다. 그 과거를, 다른 사람과의 다른 사랑에 대한 기억을, 서로 숨김없이 이야기할 뿐만 아니라, 그 기억들이 온 집 안에 가득 차 있는 것처럼 느껴졌기 때문이다. 거실에서는 가스히터가 활활 타오르고 있건만 나는 어쩐지 으스스한 느낌이 들었다. 스테레오 뚜껑 위에서 자고 있는 노랑이는 요즘엔 완전히 '시미즈가의 고양이'가 되어 있어서 내가 찾아와도 마치 손님을 보는 듯한 눈으로 흘낏 쳐다보는 것이 고작이었다.

그해 연말, 나는 연인에게 청혼을 받았다. 연인은 나와 동갑으로 청소 용구 회사의 영업 사원이다. 진실하고 자상한 남자다.

하지만 나는 바로 대답할 수 없었다. 바보 같은 말이지만, 장례식을 상상할 수 없다는 것이 그 이유였다. 가령, 이 남자와 결혼해서 언젠가 내가 죽으면 이 남자가 상주가 되는 거다. 남자가 품에 안은 네모난 상자—흰 천에 싸인, 안에 납골 항아리가 든 상자—안에 내 뼛가루가 들어 있다.

반대로 남자가 먼저 죽으면, 내가 유족으로서 장례를 치러야 한다. 그것 또한 도저히 상상할 수 없는 일이었다.

나는 연인에게 시미즈 부부에 관한 이야기를 전부 하지는 않았다. 고양이를 맡아 준 일이며, 그 후 가끔 그 집에 놀러 간다는 것, 장례식에 가는 것이 취미이며, 나도 때론 함께 간다는 이야기는 했다. 하지만 그 빈도—한 달에 두세 번은 참석한다—는 명확히 밝히지 않았고, 부부의 생활상이나 과거에 대해서도 일절 언급하지 않았다.

해가 바뀌고, 그해 첫 장례식은 저명한(듣자 하니 그러한 듯) 의학박사의 장례식이었다. 나는 겨울 보너스로 문상복을 구입한 터라 더 이상 시미즈 부인에게 빌리지 않아도 됐다. 하얗고 조그만 코르사주도 물론 샀다.

저녁엔 눈가루가 날릴 만큼 추워져서 관이 나갈 즈음에는 손발과 얼굴이 곱을 정도였다.

"어머나, 고급 만두네."

장어집 객실에서 얼룩말을 무릎에 앉힌 시미즈 부인이 기뻐하며 말했다. 부인은 이미, 한눈에 만두의 좋고 나쁜 정도를 가늠할 줄 알았다.

"이 사람은 말이죠, 자기 장례식에 홍백색 만두를 올려 달라네요."

시미즈 씨가 말했다.

"직경 3센티미터의 작은 놈으로, 속은 연보랏빛으로 비쳐 보이게끔 연한 팥소로 하고 싶댔지?"

"잘 부탁해요."

부인이 고개를 끄덕이며 말한다.

"내가 즐겁게 살았다는 것을, 모두가 기억해 줬으면 해요."

나는 문득 서글퍼졌다. 눈앞에 있는 시미즈 씨도 시미즈 부인
도, 게다가 물론 내 자신도, 모두 언젠가는 죽는다.

"죽음은 평화로운 거니까요."

시미즈 씨가 말한다.

"그렇고말고요."

황홀한 기색으로 부인이 고개를 끄덕였다. 나는 그날 다녀온
장례식장의 제단 위에 있던 사진을 떠올렸다. 흰 국화 장식 액자
속에서 빙긋이 웃고 있는 의학박사의 커다란 흑백 사진을.

경조 휴가가 너무 잦다는 이유로 회사에서 나를 안 좋게 본다
는 건 알고 있었다. 동료들 사이에 묘한 소문이 나돈다는 것도.
공통 친구한테서 그 소문을 들은 다케노부는 염려가 되었는지
시미즈 부부와 너무 가깝게 지내지 않는 게 좋겠다는 말을 했다.

하지만 나는 시미즈 부부와 보내는 시간이 좋았다. 그들과 이
야기하고 있으면 매사가 알기 쉽고 분명하게 느껴질 뿐만 아니
라, 일상의 사소한 일들이 별것 아니게 생각되었다.

한편으론, 장례식에 뻔질나게 다니는 내 자신에게 설명하기

힘든 불안을 느끼기도 했다. 죽음의 강렬함 앞에선 다른 모든 일이 빛바래 보이고, 연애를 포함한 내 자신의 일상에 현실감이 없어진다는 점에서.

"그거, 위험한 증상인데."

학창 시절부터 자주 이용하던 '비어 팜'이라는 가게에서 영국 맥주를 마시며 다케노부는 말했다.

"장례식 마니아라니, 겁나지 않나?"

그렇지 않다고 나는 단박에 대답했다.

"다케노부도 한번 가 보면 알게 될 거야."

다케노부는 목을 움츠렸다.

"많이 가 봤어, 장례식이라면."

그 말에 나는 고개를 갸웃하며 생긋 웃었다. 그 몸짓이 시미즈 부인 같았다는 것을 나는 깨닫지 못했으리라.

"아니, 그런 거 말고, 낯선 이의 장례식. 할아버지나 할머니나 거래처 사람의 장례식이 아니라."

나는 설명하려고 했다.

"특별한 친분이나 혈연, 추억, 의리 따위의 이해관계가 없는 사람의 장례식. 한 인간이 태어나 죽는 그 일을, 단순히 지켜보기 위해 참석하면 말이지, 절실히 느끼게 돼. 평온하고 장엄하고 무척 편안한 기분이 들어."

그러나 다케노부는 도무지 이해 못하는 눈치였다. 그래서 화제를 바꿨다.

"나 말야. 청혼, 거절할 생각이야."

"청혼?"

다케노부가 깜짝 놀라 되물었다.

"내가 말 안 했나? 나, 청혼 받았어. 하지만 그만두려고."

조금은 동요하지 않을까 생각했는데, 다케노부는 의외로 침착하게 나를 응시하며 말했다.

"정말? 아깝지 않을까? 그런 기특한 남자."

시미즈 부부의 엉뚱함은 여전해서, 만약 두 사람이 한꺼번에 —사고 등으로— 사망한 경우, 노랑이와 얼룩말을 유산 상속인 겸 상주로 내세우도록 유언장을 작성했단다. 자신들의 인생은 이미 '여생餘生'이므로, 홀가분하다는 말도 했다.

나는 내 인생을 아직 '여생'이라고는 생각하지 않는다(사랑의 도피도 하지 않았을 뿐더러 연금당한 적도 없다). 그렇지만 다행인지 불행인지, 시미즈 부부의 영향으로 마음이 편하달까 다소 배포 큰 여자가 되었다고 생각한다. 여전히 장례식에는 참석하고 있다. 회사를 쉬는 건 아무래도 지장이 있으므로 토요일로 한정했다.

시미즈 부인의 말마따나, 나도 언젠가 내가 죽었을 때, 유쾌하게 살았음을 주변 사람들—부모님이라든지, 다케노부라든지—이 기억해 주었으면 하는 바람이다. 그러기 위해서라도 유쾌하게 살고 싶다.

청혼을 거절하는 바람에 연인과는 다투고 헤어지게 됐다. 나와 다케노부의 공통 친구들은 이번에도, 또 다시 만난 연인 어쩌고 하며 떠들어 댔다.

맨드라미의 빨강

버드나무의 초록

I

    원래 나는 어릴 때, 텔레비전으로 보던 '페리 메이슨' 시리즈에 빠져 장차 변호사가 되고 싶었다. 그리고 애인은 좋지만 남편이라는 성가신 존재는 필요 없단 생각을 했다.

    그랬는데. 현실을 말하자면, 광학 기기 제조 회사의 사무직원이 되었고, 스물일곱 나이에 두 번째 결혼을 하고 말았다. 이게 대체 무슨 조화인지.

    여하튼 그 결과, 내 인생은 조금 성가시게 돌아가고 있다.

    텔레비전으로 방영된 페리 메이슨 시리즈의 배경 음악을 잘 기억하고 있다. 따라라 따딴, 따라라 따딴. 그 음악이 나올 때면 초등학생이었던 나는 가슴이 두근두근거리면서, 풍채 좋고 침착

하고 논리적인 페리의 멋진 솜씨를 기대하며 미리부터 신이 나
곤 했다.

"그래서? 오늘은 또 무슨 일이 있었는데?"

남동생이 창틀에 한쪽 팔꿈치를 괴고 즐거운 듯이 묻는다.

"말해 두겠는데, 벌써 3시라고."

빗질이라곤 도통 안 하게 생긴 동생의 머리카락은 갈색이 아
니라 거의 노란색이고, 모스 그린색 방한 코트는 노숙자의 옷처
럼 닳아빠졌다. 얼굴은 예쁘장한데.

"알고 있어."

나는 말하고, 동생의 코트 주머니를 뒤져 캔 맥주와 치즈 대구
포를 꺼냈다. 열차가 서서히 움직이기 시작한다.

"그래도 다행이잖아. 마침맞게 차편이 있어서."

"뭐가 마침맞아."

동생이 웃었다. 자기 몫의 맥주를 반대쪽 주머니에서 꺼내곤
자리에서 일어나 코트를 벗었다.

우츠노미야의 미술관에 브루클린 미술관에서 들여온 드가의
작품이 전시되고 있다며, 꼭 가 봐야 한다고 동생이 눈을 반짝이
며 말하기에 우리는 지금 신칸센 열차를 타고 있다.

'정오에 도쿄역'. 원래 약속은 그랬다. 양화점 점원으로 일하

는 남동생의 휴무일에 맞춰 내가 유급 휴가를 냈다. 그런데 내 인생이 워낙 혼란의 극치를 달리고 있는지라, 제때 집을 나오지 못해 무려 2시간 40분이나 늦고 말았다.

"아키가 들이닥쳤어."

나는 말하고, 맥주를 한 모금 마신 다음 의자 팔걸이에서 테이블을 빼내 맥주 캔을 얹었다. 내 남편은 여자도 좋아하고 남자도 좋아하고 요컨대 뭐랄까, 일종의 박애주의자다.

"나한테 로郞를 소개시킨 건 너니까, 너한테도 일부 책임은 있어."

신칸센의 실내는 난방이 너무 세서 더울 정도다. 다행히 맨 앞 좌석이라서 구두를 벗고 앞의 벽에다가 두 발을 뻗디뎠다.

"책임이라니 무슨 책임?"

동생이 재밌다는 듯이 묻는다.

"내 인생에 혼란을 초래한 점."

내 대답에 동생이 눈알을 도로록 굴려 보인다.

"내가 뭘. 누나가 멋대로 로랑 내달린 거잖아. 게다가."

거기까지 말하고 동생이 미소를 머금는다.

"게다가, 인생이란 누구에게나 혼란스러운 거라고. 어느 때건."

나는 그 점에 대해 생각해 본다. 치즈 대구포를 하나 꺼내 씹으면서. 창밖은 금방이라도 비가 내릴 듯이 추워 보이는 흐린 하늘이다.

"그러네. 같은 말도 네가 하면 설득력이 있어."

원래 남동생은 세 살 때부터 바이올린을 배웠다. 예쁘장한 얼굴에 조숙한 언동까지 한몫하여 천재니 신동이니 하는 평이 무성했다. 장차 바이올리니스트가 되리란 것을 본인은 물론 주변에서도 믿어 의심치 않았고, 그렇게 되면 변호사와 바이올리니스트 남매가 탄생하는 거라고 나는 생각했다. 남동생은 열다섯 살 되던 해에 독일로 유학을 떠났고, 스무 살에 귀국했을 때는 바이올린을 그만둔 데다 게이가 되어 있었다.

우츠노미야역에 내려서자 바람이 얼어붙을 듯이 차가워 절로 목이 움츠러들었다. 3월인데도 한겨울 같다.

"거리가 어쩐지 쓸쓸해 보여."

나는 말하고, 마치 그게 동생 탓이기라도 하다는 듯이 원망스러운 얼굴로 동생을 보았다.

시간이 늦어 역 앞에서 택시를 탔다. 덕분에 간신히 폐관 직전의 미술관에 입장할 수 있었다. 산 위, 잡목림 속에 자리한 미술관으로, 건물은 훌륭한데 사람이 보이질 않았다.

"아깝네. 나, 이 근처에 살면 매일 올 텐데."

남동생 뒤를 따라 걸으면서 내심 하이힐을 신고 온 것을 후회했다.

"누나, 시끄러워."

돌아본 동생에게 지적받는다. 미술관 바닥이란 게 워낙 소리가 잘 울리는 구조로 되어 있는 걸 어쩌랴.

"좀 천천히 걸어. 빨리 가려니까 소리가 더 커지잖아."

흥미로운 전람회였다. 프랑스와 미국 각국을 대표하는 인상파 그림을 모아 놓은 전람회. 드가 외에 모네나 메리 카사트의 작품도 있었다. 쿠르베나 시슬레의 작품도.

하지만 동생은 드가의 작품 앞에서 움직이지 않았다. 발끝을 직각으로 벌리고 뒤꿈치를 붙인 채 군인처럼 꼿꼿이 서서 한 장의 그림만을 보고 있었다. 내내.

"로비에 있을게."

한 바퀴 돌아보고 나자 따분해져서 동생에게 말했다. 로비의 뮤지엄 숍에는 그림엽서와 포스터 외에 무슨 이유에서인지 칠보 브로치며 물들인 스카프 따위도 팔고 있었다. 신기한 마음으로 그것들을 바라보다 문득 쓸쓸한 기분이 들었다. 쓸쓸하고 허전한 기분이.

로가 보고 싶다.

그런 생각이 들었다. 남동생의 말마따나, 나와 로는 멋대로 '내달렸다'. 로와 나는 공기가 딱 맞았다. 내가 27년간, 로가 40년간, 각기 다른 장소에서 다른 시간을 그렁저렁 살면서 만들어 온 공기가.

남동생은 기묘한 살롱에 출입하고 있었고, 어느 날 동생을 따라나섰다가 그곳에서 로를 처음 만났다.

그게 불과 1년 전 일이라니 믿어지지 않는다. 당시 나는 다른 남자와 결혼한 상태였고, 로에게는 아키를 비롯한 몇 명의 걸프렌드가 있었다. 로는 어쩐지 몰라도 내가 생각하는 결혼 및 스테디한 남녀 관계란 중대하고 신성한 것이었다. 적어도 1년 전까지는 말이다.

그날 내가 그곳에 간 이유는, 동생이 그곳에서만 가끔 바이올린을 켠다고 했기 때문이다.

"딱히 이유가 있는 건 아니지만."

동생이 말했다.

"즐거운 장소이다 보니, 기분이 좋아져서 음악도 듣고 싶어지고, 다들 느끼는 그런 거 있잖아, 자연스럽게. 내가 연주한다기보다 음악이 나오길 바라는 듯한. 이상한 말이지만."

내 생각에 그건 중대한 일이 아닐 수 없었다. '일란성 쌍둥이 남매'라느니 '근친상간'이라느니, 어릴 때부터 남들에게 놀림을 당할 정도로 사이가 좋았던 누나인 내 앞에서도, 자신을 그토록 아끼고 사랑하여 유학까지 보내 준 부모님 앞에서도, 더욱이 자신의 재능을 알아보고 믿어 주기까지 한 슐츠던가 슈틀츠던가 잊어버렸지만, 아무튼 독일 학교의 교수 앞에서도 켜길 거부했던 바이올린을 다른 장소에서 '가끔 켜고 있다'니.

살롱이라 해도 정기적인 모임은 아니고, 그냥 가정집에 누군가가 모여드는 식이다. 도쿄 외곽에 자리한 다 낡은 단층집으로 특이한 부부 둘이 살고 있다. 빌린 집이라고 한다.

"모두 곧 죽을 텐데, 땅 같은 걸 사고 싶어 하는 그 심리를 모르겠어."

마른 몸에 키도 그리 크지 않은데 머리카락과 팔다리만 유난히 긴 안주인이 하는 말이었다. 매사 그런 식으로 말하는 여성이다.

"우리한테는 자식도 없고, 누군가에게 무언가를 남겨 줘야 하는 것도 아니니까요."

부인에 비해 논리적인 남편이 그렇게 보충 설명했다. 하지만 그 집에는 아이들도 우글우글하다. 처음엔 친척 아이들인가 싶었는데, 그게 아니라, 단지 이웃에 사는 아이들이란다. 쇼와 초기

(1920~30년대)에 지어졌다는 그 일본 가옥은 마당이 딸려 있고, 그 마당에는 일 년 내내 잡초가 무성하다.

남동생은 몇 년 전에 한 게이 친구를 따라 그 집에 가게 되었는데, 편해서 단박에 맘에 들었단다.

나는 그 집에서 로를 만났다. 여자도 좋아하고 남자도 좋아하고, 친절하고 제멋대로인 불량 중년 로를.

아이들을 제외하면 살롱에 모인 사람들 중 절반이 게이다. 더구나 그중 절반이 의사일 정도로 왜 그런지 의사의 비율이 높은 모임이다. 짚고 넘어가자면, 로는 그 어느 쪽도 아니었다. 그는 이벤트 프로모터로 박애주의자이긴 하지만 이성애자이다.

내 인생의 혼란은 그 살롱에서 시작되었다.

로비 구석의 흡연실에서 담배를 피우고 있는데 소등 및 폐관을 알리는 방송이 흘러나오고, 그와 동시에 등 떠밀리듯 남동생이 나왔다. 희희낙락한 표정이다. 음악과 그림, 게다가 특정 분야의 영화나 연극은 동생을 늘 들뜨게 한다.

"이제 만족하니?"

나는 묻고, 재떨이에 담배를 비벼 끄며 일어났다. 따각 하고 구두 소리를 내며.

밖에 나오자 놀랍게도 눈이 팔랑팔랑 내리고 있었다. 유리를 많이 사용하여 지은 미술관의 근대적인 건물과, 고목뿐인 산의 경치와, 거리를 향해 뻗어 내린 넓은 비탈길 위에.

"아름답다."

나는 코트 주머니에 두 손을 넣고 위를 올려다보았다. 토해 내는 숨이 하얗다.

"무서우리만치 조용하네."

역시 주머니에 두 손을 넣고 위를 올려다보며 남동생이 말했다. 나는 땅 위로 시선을 되돌리다 위를 향한 동생의 옆얼굴에 빠져들었다.

"예쁜 얼굴."

나는 감상을 말한다.

바로 옆 주차장은 텅 비어 있었다. 낮에는 관광버스 같은 차량들로 꽉꽉 메워질 그 넓은 공간에 지금은 직원 차량인 듯싶은 자가용이 두세 대 세워져 있을 뿐이다.

"우리 어떻게 돌아가지?"

내가 묻자, 동생도 일순 표정이 굳는가 싶더니,

"물어보고 올게."

하고는 재빨리 미술관 안으로 되돌아갔다.

입구 옆에 있던 공중전화로 택시를 부른 후, 30분을 기다렸다. 미술관 현관을 잠그러 온 사람이 딱하다는 듯이 우리를 보았다. 싸락눈이 계속 날렸고, 이윽고 도착한 택시에 올랐을 때는 이미 날이 저문 뒤였다.

"추워 혼났네."

떨리는 몸으로 내가 말하자, 동생은

"배고파 죽겠네."

라고 말했다.

거리로 나오자 여기저기 네온사인이 반짝이고 있었다. 춥긴 한데 어디에도 눈 내린 흔적은 없다. 우리는 역 앞 만두 가게에 들어갔다. 가게 한복판에 석유난로가 이글거리고 있었다.

맥주 두 병과 만두 두 접시를 주문했다.

"그래서? 아키가 어쨌다고?"

바삭하게 구운 자그마한 만두를 집으며 남동생은 유쾌한 듯이 물었다. 유달리 슬픈 일이 없는 이상, 이 녀석은 대체로 유쾌해 보인다.

"들어 봐."

나는 여봐란듯이 털어놓기 시작했다. 외출할 일이 있어 유급 휴가까지 냈는데, 그걸 알면서 하필이면 그날 아침 10시에 불쑥 찾아오는 수다스럽고 남자 밝히고 무례한 여자에 관해.

이치하라 아키는 고등학생 때 심한 우울증에 걸려 수차례 자살을 기도하며 입원과 퇴원을 거듭했다고 한다. 게다가 본인 말을 빌리면 '우울증 끝에 의도적으로 임신'을 하고, '중절 수술을 당하기 싫어 비밀에 부쳤으나 결국 유산되었다'고. 거기까지는 가슴 아픈 사연임에 틀림없다. 그러나 스물한 살이 된 지금은 완전히 회복되었을 뿐만 아니라, '가사 도우미'는 명목일 뿐 수다스럽고 남자 밝히고 무례하고 얼굴은 예쁜데 입은 거친, 주변에서 혀를 내두르는 여자가 되어 있다.

"놀러 왔어요."

문을 열자 아키는 데걱데걱 신을 벗고 집 안으로 들어서면서 말했다. 아키의 말에 의하면, 나는 '뚱보 주제에 자신한테서 로를 가로챈 말도 안 되는 여자'란다.

하긴, 그 점에 관해선 나는 로의 말을 믿는다.

"당치 않아. 아키와 난 아무 사이도 아니야. 그 여자한테는 손가락 하나 댄 적 없어. 뭐, 벗어 놓은 옷을 멋대로 입히려고 해서 어쩔 수 없이 몸에 닿은 적은 몇 번 있지만."

"오늘 유급 휴가 냈죠? 그럼 나, 천천히 있다 가도 되겠네."

과일을 좋아하는 로를 위해 내가 사다 둔 오렌지를, 부엌에서 가져온 과일칼로 썩썩 벗겨 가며 아키는 말했다.

"무슨 소리. 나 지금 나가 봐야 하니까, 그거 다 먹으면 얌전히 돌아가요."

알고 있어요, 라고 아키는 말했다.

"남동생이랑 함께죠? 로한테 들었어요. 우리 메일 친구거든요. 뭐든 서로 이야기한다고요. 메일로는, 평소 아무에게도 말하지 못하는 일까지 솔직하게 털어놓을 수 있으니까."

"아무에게도 말하지 못하는 일이 뭔데요?"

나는 다른 과일칼을 가져와 오렌지를 깎았다. 나와 아키의 주변엔 서늘하고 쌉쌀한 감귤류 냄새가 자욱했다.

"아내와의 잠자리가 불만이라느니."

"거짓말."

"아내에게 브라더 콤플렉스가 있다느니."

"거짓말."

"아내의 배꼽이 참외 배꼽이라느니."

"말도 안 돼."

급기야 나는 웃고 만다.

"매너 없는 이야기 그만 늘어놓고, 얼른 돌아가요."

아키는 웃지 않았다.

"재미없어. 요즘 치나미 씨, 통 도발에 응하질 않는군요."

나를 빤히 쳐다보며 말했다.

"결혼했다고 해서 안심하다니, 한심하기 짝이 없어. 좋아요, 외출해도. 집은 내가 봐 드릴 테니."

가느다란 손을 뻗어 두 개째 오렌지를 깎기 시작한다.

"그 대신, 집에 들어온 로에게 내가 무슨 짓을 하든 불만 없기예요."

이런 때, 나는 정말 당혹스럽다. 도대체 어떻게 대처해야 좋을지 알 수 없다. 로를 포함하여 그 살롱에 드나드는 사람들에겐 어딘지 모를 강한 기운—그것을 강하다고 불러도 좋을지 어떨지 모르겠지만 내가 느끼기엔 그렇다—이 있고, 가끔 나약해 보이기도 해서 사람을 당황스럽게 만든다. 어쩌면 그 반대인지도 모르지만.

아키는 결국 1시가 넘도록 우리 집에 머물렀다.

"여긴, 언제 와도 초라해 보인다니까."

집 안을 둘러보며 그런 말도 했다.

"로도 어쨌거나 이벤트 회사 사장 아니에요? 어쩜 이렇게 궁상맞은 집에 산대요?"

좀 관능적인 음악 없어요? 산타나라든지 베토벤이라든지, 하면서 텔레비전 밑의 서랍장을 뒤진다.

"이게 좋겠네."

결국 롤링 스톤스의 음반을 꺼내 틀었다. 아키의 음악적인 취향이야 뻔하다.

"로한테 전화해요."

음악에 맞춰 몸을 흔들며 말했다.

맥주를 한 병 추가 주문하고, 남동생은 여전히 유쾌한 듯이 묻는다.

"그래서? 결국 어떻게 돌아갔어?"

만두 가게 아주머니가 카운터 너머로 맥주를 건네주면서 조심스럽게 물었다.

"총각, 외국 사람이유?"

여태 살면서 족히 백 번은 들었을 질문이다.

"아뇨, 일본인이에요."

동생이 대답하자, 아주머니는 안심한 듯 민망한 듯 아하하, 하고 웃었다.

"어쩐지. 난 또 외국 사람이 우리말을 되게 잘한다 싶었네."

아주머니가 신이 나서 이야기한다. '우리말'이란 대목에서 마치 외국인에게 보디랭귀지를 사용해 보이듯이 입 앞에서 손을 쥐락펴락했다.

"로가 자기한테 메일로 이랬다느니 저랬다느니 하면서 또 거짓말을 늘어놓기에, 그럼 메일을 한번 보자고 했지."

동생이 흠칫해서 나를 본다.

"정말 그랬어?"

내 잔이 빈 것도 알아채지 못한 모양이어서, 어쩔 수 없이 나는 손수 술잔을 채웠다.

"그래, 정말."

나는 다음 말을 계속했다.

"로는 메일을 삭제하지 않거든. 전부 저장해 두니까 바로 볼 수 있어."

"정말?"

남동생은 다시 한번 물었다. 아키가 보였던 반응과 똑같다.

"믿을 수 없어."

아키가 말했다. 내가 노트북 컴퓨터를 열자, 옆에 장승처럼 버티고 서서 긴장된 목소리로 말했다.

"그만둬요."

명령조였다.

"컴퓨터 켜기만 해 봐요. 뒤에서 후려칠 테니까."

깜짝 놀라 그녀의 얼굴을 돌아보자, 두 눈을 부릅뜨고 있었다. 가는 눈썹에 잔뜩 힘이 들어간 채, 울까 때릴까 갈등하는 아이 같은 긴박감을 풍기며 이미 두 주먹을 불끈 쥐고 있었다. 그냥 하는 말이 아님을 알 수 있었다.

"남의 마음속을 멋대로 들여다보다니, 못됐어. 돼지보다 못한 인간. 비열해, 그딴 짓을 생각해 내다니."

나는 한숨을 쉬었다.

"마음속은 아니지. 이건 단순한 기계잖아."

아키는 여전히 믿을 수 없다는 말을 반복했다. 나를 징그러운 벌레라도 보는 듯한 눈빛으로 바라보면서.

내 자신이 흉측한 생물이 된 기분이었다.

"그만 돌아가요."

그래서 그렇게 말했다.

"지금 돌아가 준다면, 이대로 접을 테니까."

한동안 둘 다 꼼짝하지 않았다. 나는 부끄럽기도 하고, 대체 내가 왜 이 아이 때문에 이런 생각을 해야 하는지 알 수 없었다.

결국 아키는 돌아갔지만, 떠나기 전에 막말을 내뱉는 것은 잊지 않았다.

"지독한 여자 같으니."

거만하게 턱을 쳐들고 나를 똑바로 쏘아보며 그렇게 말했다. 경멸에 찬 목소리였다.

내가 아키를 버거워하는 건, 아마도 그녀가 너무나 솔직하다는 점 때문이리라. 솔직하고 직선적이고. 내게 그건 폭력이다.

"다행이네."

동생이 말했다. 나는 담배에 불을 붙인다.

"그럼, 메일은 안 본 거네?"

"당연하지."

그건 결과에 지나지 않는다. 컴퓨터 따위 딱 질색이다.

"그런 얼굴 좀 하지 마."

담배 연기를 토하고, 동생의 코를 쥐며 말했다.

"고작 그런 애 때문에, 왜 네가 상처 입은 얼굴을 하는데."

"아키 때문은 아니지. 누나 때문이잖아?"

동생은 과장되게 두 손을 펼치며 그렇게 말하고, 아키 못지않은 정론을 토했다.

돌아오는 신칸센 열차 안에서 우리는 둘 다 말이 없었다. 동생은 이번에도 창가 자리에 앉아 창밖만 바라보았다. 나는 문고본을 꺼내 읽었다. 로에게 빌린 책이다. 표지에 너저분해 보이는 아저씨 그림이 그려져 있다. 아저씨는 한 손으로 턱을 괸 채 골판지 상자에 걸터앉아 있는데 바지 사이로 노란 타월이 삐져나와 있다.

"도쿄에 도착하면, 한잔 더 하고 갈래?"

표정이 읽히지 않는 목소리로 동생이 말했다. 창밖은 짙은 어둠이라 아무것도 보이지 않는다. 그런데도 동생은 아까부터 뭘 보고 있는 건지, 내심 신기하게 여기던 참이었다.

"그래."

너무 좋아하는 티가 나지 않도록 신경 써서 대답했다.

로는 늘 퇴근이 늦다. 나는 보통 잔업이 없어서 7시면 집에 들어오지만, 로는 한밤중에야 들어온다. 아무리 인맥으로 승부하는 직업이라지만 좀 심하단 생각이 든다. 어디까지가 업무인지 알 수 없을 정도다.

"왜 그리 부루퉁해 있어?"

우습다는 듯이 동생이 물었다.

불과 반나절의 여행이었건만 도쿄역에 내려서자 안도감이 들면서 기분이 좋아졌다.

"건조한 밤거리의 냄새."

말하고 나서 고개를 쳐들고 코로 숨을 들이마셨다.

"연약해, 누나는."

동생이 웃는다.

'한잔' 하면 으레 니시가타 쪽이다. 바로 그곳에 남동생이 죽치는 바가 있기 때문이다. 작은 가게로 굉장히 어둡다. 셔링이 잔뜩 들어간 무거운 커튼이 벽 여기저기에 드리워져 있고, 천장에는 빈 새장이 몇 개씩이나 매달려 있다. 드라큘라가 튀어나올 것 같은 분위기다. 실제로, '드라큘라의 피'라는 이름의, 향이 좋은 술을 팔고 있다.

"어서 오세요."

시커멓고 무거운 문을 열자, 이 가게의 오너인 게이 커플이 맞아 주었다. 한 사람은 스킨헤드이고, 나머지 한 사람은 검은 머리를 짧게 깎았다. 두 사람 다 중년을 훌쩍 넘긴 나이이지만 군살 없는 몸매를 유지하고 있으며, 행동거지가 화려하고 화술에 능하다.

"어머나, 치나미 양도 함께네? 이게 얼마 만이래."

검은 머리 아저씨가 말했다. 가게 안은 선향과 향수가 뒤섞인 듯한 냄새가 난다. 틀림없이 뭔가 피우고 있는 거다.

동생이 이곳에 뻔질나게 드나드는 건 이 두 사람 때문은 아니다.

"오."

카운터 안쪽에서 남자가 말하고, 동생도 한 손을 들어 같은 말로 화답하며 스툴을 말 타듯 타고 앉았다.

"안녕하세요."

나도 인사하고 동생 옆에 앉았다. 남자와 동생은, 나는 안중에도 없다는 듯이 서로를 바라본다.

"춥네, 오늘은."

남자가 말하고,

"응."

하고 동생이 대답한다. 단지 그것뿐인데도 둘 사이에 사랑이 샘솟고, 나는 감탄한다.

이 가게에서 일하는 이 남자가 동생의 현재 연인이자, 동생을 그곳에 끌어들인 장본인이다. 또한 동생이 처음으로 사랑에 빠진 일본인이기도 하다.

"보모어 한 잔이요, 언더록으로."

나는 말하고, 카운터에 한쪽 팔꿈치를 괸 채 마주 보는 연인들을 관찰한다.

"날은 추운데, 우리 집 부근에는 나무에 벌써 꽃이 폈어."

벚꽃? 하고 동생이 물었다.

"글쎄, 매화인지도 몰라."

동생이 웃음을 터뜨린다.

"들었지, 누나? 곤은 벚꽃이랑 매화도 구별 못한다니까."

그래그래. 나는 고개를 끄덕인다. 충분히 유쾌할 일이지.

"꽃이잖아, 둘 다."

남자가 소곤소곤 말했다.

동생이 동성애자라는 사실을 나도 부모님도 지금은 받아들이고 있다. 어차피 대단한 일은 아니라고 생각한다. 동생은 우리가 익히 아는 그 아이임에는 변함이 없으니까.

독일에서 무슨 일이 있었을까.

나는 가끔 생각한다. 대체 어떤 남자가, 언제, 동생에게 그런 성향을 일깨워 주었을까. 그건 동생이 바이올린을 그만두기 전이었을까, 후였을까.

생각은 하지만 어쩔 수 없는 일이다. 독일에서의 나날은 동생 말을 빌리자면 '첫 현실'이고, '하지만 이미 지나간 일'이다.

기억나는 일이 있다.

어릴 적, 우리가 살던 집 근처에 정육점이 있었다. 그 정육점에서는 날마다 크로켓을 튀겨 낸 탓에 저녁 무렵이 되면 고소한 냄새가 감돌았다. 동생은 크로켓을 좋아했다. 하지만 우리 부모님은 매식을 금했고, 고지식한 동생은 그 말에 따랐다. 물론 나는 사 먹었다. 그 부근에 사는 아이들은 모두 아무렇지 않게 그것을 사 먹었다.

"반 줄게."

내가 말해도 동생은 고집스럽게 먹지 않았다. 그렇다고 부모님에게 고자질하는 법도 없이, 그저 내가 먹는 모습을 곁에서 안타깝게 지켜보고 있을 따름이었다. 뜨겁고 기름기 잘잘 흐르는 크로켓의 가슴 뭉클한 맛을 지금도 또렷이 기억한다.

"신혼 생활은 어때요?"

내가 따분해 보였는지, 스킨헤드 아저씨가 다가와 생긋 웃으며 물었다.

"로 군, 남편 노릇 잘 해요?"

잘 할 턱이 없잖아요, 하고 동생의 연인이 참견했다. 이 남자는 오너 커플과 달리 섬세한 말투를 쓰지 않는다. 화술에도 전혀 능하지 못하다. 나로서는 동생이 이 남자의 어디에 끌렸는지 짐작조차 가지 않는다. 이미 서른은 넘은 모양인데 학생처럼 어설프고 무뚝뚝하다. 대학 졸업 후, 들어가는 직장이란 직장마다 상사와 다투고 쫓겨났다고 한다. 그림을 그리는 모양인데, 동생 말로는 재미있는 그림이라지만 난 아직 본 적이 없다.

"그래도요, 곤 씨. 치나미 누나는 로에게 홀딱 빠져 있어서 영향 꽤나 받는 눈치예요. 오늘도 열차 안에서 이로카와 타케히로

色川武大 씨의 소설을 읽던걸요."

동생이 말하고, 스킨헤드 아저씨와 함께 아하하하 하고 웃었다. 뭐가 우습다는 건지.

"그보다, 아키 좀 어떻게 해 줄래요?"

나는 동생의 연인에게 말했다. 아키는 그래도 이 남자 말만은 듣는다.

"아키? 무리예요, 무리. 그 녀석, 어린애인걸요."

"어린애는 당신 전공이잖아요?"

보모어를 홀짝이며 나는 말해 주었다. 그 가게에 놀러 오는 애들은 대개 이 남자가 상대해 주고 있다.

"아키도 로에게 홀딱 빠져 있는걸요. 여자의 사랑은 앞뒤 분간을 못하니까 말이죠."

남자가 싱긋 웃으며 말했다. 마침 테이블석에서 다른 손님을 상대하고 있던 검은 머리 아저씨가 그 말이 맞다며 박수를 친다. 스툴 위에 구부정하게 앉아 소금을 안주 삼아 테킬라를 핥고 있던 동생이 싱긋 미소 지은 것도 물론 난 놓치지 않았다.

세상이란 참 우스운 곳이란 생각이 든다. 이런 세상에서 페리 메이슨이 되지 않아 다행인지도 모른다.

II

집에 돌아온 치나미는 잔뜩 취해 있었다.

"다녀왔습니다."

내 목을 힘껏 끌어안는다.

"어서 와. 미술관은 어땠어?"

내 아내는 힘이 세다. 포옹이든 키스든 내가 기죽을 만큼 세다. 나는 그 점이 맘에 든다.

"눈이 내렸어."

치나미가 말했다.

"추웠어."

코트를 벗고 집 안을 둘러본다.

"지금 들어왔어?"

"응, 15분쯤 전인가."

"늦었네?"

나는 웃는다.

"늦은 건 치나미 아냐?"

무슨 소리냐는 듯이 치나미가 눈을 둥그렇게 뜨고 나를 본다. 그런 다음 가방에서 담배를 꺼내 물고 불을 붙였다. 나도 내 담배를 피운다.

"그래도 난 동생이랑 함께였어."

치나미와 결혼한 지 석 달이 지나고 있다. 평생 독신을 내세우던 내게 그 일은 내가 생각해도 청천벽력, 경천동지와 같은 대 변화였다.

치나미는 나 때문에 전남편을 버리고, 난 치나미를 위해 개와 고양이를 처분했다.

하지만 친구와 자유만은 양보할 수 없다. 설령 치나미가 나의 밤놀이에 불만을 품고 있다 해도.

"누구랑 있었어?"

"카키이랑 카시베."

나는 친구의 이름을 말한다.

"흐음."

치나미는 날 곁눈질하고, 담배 연기를 토해 냈다.

나는 숱한 밤을 함께 놀아 줄 동료가 있다는 것을 인생의 재산으로 여겼다. 예를 들면, 심야의 바에서 휴대 전화로 누군가에게 전화를 건다. 자동 응답기로 돌려져 있으면 메시지를 남긴다.

"뭐 하느라 집에 없냐? 어쩔 수 없지, 또 걸게."

상대가 전화를 받으면 이야기는 빨라진다.

"지금 어디냐?"

"회사."

"아직 일해?"

"응. 좀 남았어."

"그럼, 일 마치면 이리로 와. 니시아자부西麻布. 응, '네지'에 있을 테니까."

한 시간 후, 아까 집에 없던 녀석한테서 전화가 걸려 온다.

"미사토랑 밥 먹었어. 네지? 알았어, 갈게 갈게."

반대로 내가 불려 나갈 때도 있다.

"벚꽃이 엄청 예쁘다. 응, 구단시타九段下. 술 사 가지고, 지금 리카랑 둘인데, 너도 나와."

이 정도면 그나마 다행이다.

"드라이브하자, 드라이브. 지금 오오바시랑 하라랑 셋이 있는데, 차로 달리고 싶단 얘기가 나와서. 그런데 우리 벌써 꽤 마셨거든. 네가 운전해. 지금 너희 집으로 갈 테니까."

라는 경우도 있다.

마흔이나 먹어 그런 학생 같은 짓이라니, 하고 얼굴을 찌푸릴 사람도 있겠지만, 그러거나 말거나였다. 그때그때 확실하게 놀만한 체력이 없다면, 얼른얼른 무덤에나 들어갈 일이다.

인생은 즐기기 위해 있는 것이고, 상대가 남자든 여자든 보고 싶을 때 봐야 하고, 그때가 아니면 갈 수 없는 장소, 그때가 아니면 볼 수 없는 것, 마실 수 없는 술, 일어나지 않는 일이란 게 있다.

놀기 좋아하는 패거리들은 대개 식탐도 많아서 괜찮은 음식점을 꿰고 있고, 재미난 것도 많이 안다. 입수하기 어려운 티켓을 입수하는 방법이라든지, 질병과도 집착과도 금전과도 무관한 쾌락이라든지, 읽어야 할 책, 들어야 할 음악 등등.

내 친구들의 직업은 다양하다. 음악 분야, 패션 분야, 카메라맨, 방송국 PD, 대학교수 및 조교수, 음식점 사장. 나만 해도 강연회에서부터 토크 세션, 지방의 특산물 페스티벌에서부터 어린이 패션쇼까지 각종 이벤트를 기획·운영하는 일을 하다 보니, 재미난 인간들과의 만남은 공사 구분 없이 모두 재산이다.

밤과 친구와 술과 여흥.

그 생활을 유지하기 위해 나는 줄곧 독신을 고수해 왔다. 검정 래브라도 리트리버와 검정 잡종 고양이를 기르고 있었으며, 그 녀석들이 말하자면 내 가족이었다. 치나미를 만나기 전까지는.

"요컨대 무책임한 거네요."

치나미가 코를 울렸다.

"애 같아. 나, 애 같은 남자 너무 싫어."

그게 1년 전 일이다. 치나미는 눈 사이의 간격이 다소 넓고, 코가 낮고, 입이 크다. 아시아 대륙의 어린아이처럼 생긴 여자다.

재밌네.

나는 그렇게 생각했다. 기가 센 여자를 나는 무척 좋아한다. 더군다나 당시 치나미는 유부녀였다. 육체관계를 포함한 친구가 되기에 딱 좋은 상대 같았다.

육체관계를 포함한 친구. 그야말로 내가 생각하는 가장 이상적인 남녀 관계였다.

치나미를 처음 만난 건 친구 집에서였다. 몇 년 전에 이탈리아 와인 관련 행사를 기획한 적이 있는데, 행사는 성황리에 막을 내렸고 그때 통역을 맡았던 여성과 마음이 맞아 지금까지도 친구로 지내고 있다.

쇼코, 라는 이름의 그 여성이 의사 남편과 둘이 살고 있는 그 집은 주로 남편 친구들의 집합소였고—치나미는 그것을 가리켜 수상한 살롱이라 부르지만—, 나도 종종 얼굴을 내밀게 되었다.

그곳에서 일어난 기묘한 사건들은 아직 치나미에게도 전부 말하진 않았다.

솔직히 말해, 내게는 흑심이 있었다. 쇼코는 독특한 여성으로 머리가 좋았다. 여하튼 그것이 함께 일하면서 내가 받은 인상이었다. 게다가 이해심 많은 남편을 두고 있었다. 쇼코의 일에도, 교우 관계에도, 이 남편은 심하게 관대했다.

"쇼코를 잘 부탁합니다."

실제로, 나는 그런 말까지 들었을 정도다.

이윽고, 조금씩 조금씩 속사정이 드러났다. 쇼코의 남편에겐 아내가 공인한 연인이 있고, 더구나 그 연인은 젊은 남자였다.

재밌네.

나는 생각했다. 본래 나는 도리라든지 상식, 더 나아가 세상 체면 어쩌고 하는 시시한 족쇄를 경멸한다. 그런 건 없는 편이 훨씬 홀가분하다는 주의다. 그렇기 때문에 여자가 아니라 개나 고양이와 살았다 해도 과언이 아니다.

아무튼 쇼코 부부의 생활은 나의 흥미를 자극했다.

그러나 나와 쇼코는 애초에 내가 기대한 것과 같은 관계로 발전하진 않았다. 쇼코는 한사코 남편 이외의 남자에겐 흥미가 없다고 주장한다.

"그건 공평하지 않아. 당신은 당신대로, 인생을 즐겨야지."

나는 역설했다. 그녀의 몸에 흥미가 없었던 건 아니지만, 그 무렵에는 이미 이차적인 문제에 지나지 않았다. 나는 설령 상대가 내가 아니더라도, 쇼코가 좀 더 인생을 즐겼으면 싶었다.

나는 그녀의 집을 뻔질나게 드나들었다. 그녀 남편의 게이 동료니 연인이니 예전의 환자에 그 친구들까지 참으로 여러 인간들이 출입했으나, 정작 쇼코 자신의 친구나 가족은 없었다. 내가 생각하기에 그건 너무나 어처구니없는 일이었다. 말도 안 되게 불공정하고 무언가 결여되어 있다는 생각이 들었다.

하긴, 쇼코 자신은 나의 이러한 염려를 가소롭다는 듯이 웃어 넘겼다.

"엄청 재밌네."

하고 웃어넘기곤 했다.

"로는 늘 절반밖에 이해 못해. 나머지 절반은 로가 죽었다 깨어나도 알지 못할 거야."

라는 말과 함께.

우습게도 오히려 그녀의 남편이 내가 하고자 하는 이야기를 이해해 주었다.

"쇼코는 지나치게 신중한 구석이 있어요. 위험 인자는 모조리 배제해 버리죠."

쇼코 남편 말에 의하면, '위험 인자'란 그녀의 과거와 연관되어 있는 것, 그녀의 부모님이며 학창 시절의 친구들, 독신 무렵 그녀의 인생 전부란다.

"보이스."

쇼코는 자신의 남편뿐 아니라 남편의 연인, 나도 포함하여 그 집에 모이는 남자들을 종종 그렇게 불렀다.

"마냥 시시한 이야기로 수다 떨려거든, 두세 사람 밖에 나가서 모자라는 맥주나 좀 사다 줘요."

내 눈에 쇼코는 성스러우리만치 단순한 여자로 비쳤다. 단순한 여자라는 건 거의 언어 모순이지만, 놀랍게도 그녀에겐 딱 들어맞는다. 개나 고양이에 버금가게 단순한, 그래서 신뢰할 만한 여자.

쇼코의 우는 모습을 딱 한 번 본 적이 있다. 남편이 젊은 연인에게 버림받았을 때이다.

'곤'이 그 연인의 이름인데, 이 녀석이 다른 남자와 사랑에 빠져, 하필이면 그 새 남자를 그 집으로 데려간 것이다.

난리도 그런 난리가 없었다. 쇼코의 남편은 집을 뛰쳐나가 이틀간 돌아오지 않았고, 쇼코는 곤뿐만 아니라 그것을 말리려던 곤의 새 남자까지 때렸다. 혼혈아 같이 생긴, 곤보다 더 어려 보이는 남자였다.

내가 완력으로 쇼코를 말릴 수밖에 없었다. 쇼코는 울었다.

곤은 막무가내였다. 쇼코가 울며불며 난리를 치든 말든 돌아가려 하지 않았다. '절교' 선언을 듣고도 눈 하나 깜짝 않고, 새로 사귄 남자를 데리고 번번이 그 집에 나타났다.

"질린다 질려."

나는 남자끼리의 사랑에 관심도, 끼어들고 싶은 마음도 없었지만, 이틀 후에 돌아와 유령처럼 살고 있는 쇼코 남편이 아니라 쇼코를 위해 곤에게 쓴소리를 했다.

"둘이서 조용히 잘 살면 되잖아. 어쩌자고 굳이 과시하러 오는데?"

곤은 살기가 느껴지는 눈빛으로 나를 노려보았다.

"상관 말아요."

그 한마디로 인해 나는 내장에도 소름이 돋을 수 있다는 것을 알았다.

"당신이 뭘 알아. 나랑 무츠키랑 쇼코에 대해 당신이 뭘 아냐고."

노여움이 서린 낮은 목소리였다. 그러면서도 침착하게 밀어붙이는 의지와 박력이 담긴 목소리. 단단히 마음먹은 녀석의 목소리라고 생각했다.

"로."

담배를 다 피운 치나미가 말했다.

"왜?"

"재 떨어져."

가만 보니 나도 손에 담배를 쥐고 있고, 그건 이미 고스란히 재가 되어 있었다.

"목마르다."

치나미는 말하고 일어난다.

"로도 물 마실래?"

"아니 됐어."

치나미는 어느 날 갑자기 쇼코의 집에 나타났다.

"우라베 군의 누나예요."

쇼코가 내게 치나미를 소개했다. 나로선 이해할 수 없는 그 사람들의 야성의 규칙 같은 것에 의해, 곤의 새 연인인 우라베 군—치나미의 남동생—은 그즈음엔 이미 그 집의 주요 멤버가 되어 있었다.

"로!"

부엌에서 물을 마시던 치나미가 큰 소리로 불렀다.

"와 봐!"

가 보니, 치나미가 싱크대를 등지고 서 있다. 두 팔을 벌리고 화난 듯한 표정으로 포옹을 요구했다. 거기에 응하자, 기죽을 정도로 힘 있게 끌어안았다. 선 채로 한쪽 다리도 휘감는다.

"멀리 있지 마."

내 목덜미에 얼굴을 묻은 채 말했다.

"여기 있을 땐 정체 모를 사람들 생각은 하지 마. 확실하게 여기 있어 줘."

현실 속 치나미의 등, 머리카락, 허리, 그리고 다리. 지금껏 다른 장소에서 다른 인생을 살아온 한 여자를 밤중에 부엌에서 나는 끌어안고 있다. 이건 거의 믿을 수 없는 일이다. 도저히 받아들일 수 없는 것을 받아들이고 있는 듯한, 뛰어들 리 없는 것이 뛰어 들어온 듯한 느낌.

"알아. 알고 있어."

내가 말했다.

품 안에서 치나미가 크게 숨을 토했다.

"좋아. 잊으면 안 돼."

건조한 목소리로 명령했다.

치나미를 처음 만나던 날, 그 집에서 치나미는 완전히 겉돌고 있었다. 대개, 직업이 없거나 의사 아니면 아티스트 나부랭이들이 모이는 그 장소에, 광학 기기 제조 회사의 사무직원이 나타났다는 것 자체가 진기한 일이었다. 더구나 남동생의 바이올린 연주를 들으러 온 누나라니.

치나미는 권하는 대로 의자에 앉아 줄담배를 피웠다.

"광학 기기라면, 구체적으로 어떤 거죠?"

말동무가 필요하겠다 싶어 그렇게 물었다.

"프리즘 쌍안경이라든지, 안경 조준기라든지. 망원경도 들어가요. 자기 컴퍼스도."

쌀쌀맞은 대답이었다.

"어차피 전, 그냥 사무직원이니까."

음주에 관해서만큼은 그 집의 여타 손님에 뒤지지 않았다. 애주가인 쇼코보다 나으면 낫지 못하진 않아 보였다.

치나미는 그 후로도 여러 번 나타났다. 그리고 몇 번을 나타나든 그 자리에 잘 섞이지 못했다.

"좀 더 즐겁게 놀지 그래요?"

입이 건 아키가 그런 말을 하며 들이댔으나 치나미는 태연하게 대꾸했다.

"그다지 즐겁지 않은걸요."

무슨 까닭인지 내게 호감을 갖고 있던 아키는,

"로가 자꾸 받아 주니까 이 여자가 기어오르는 거예요."

라는 말을 했다.

아키를 타이를 수 있는 사람은 곤뿐이고, 치나미를 타이를 수 있는 사람은 그녀의 남동생뿐이었다.

쇼코와 그 남편은 재밌다는 듯이 우리를 지켜봤다.

"아키는 예전의 곤 같아."

쇼코의 남편은 그런 식으로 말했다.

여하튼 난 치나미의 무언가에 마음이 끌렸다. 늘 생각에 잠긴 듯한 표정도 그렇고, 주변의 이 사람 저 사람을 대놓고 의아스러운 눈으로 보는 솔직함이라든지, 부루퉁한 표정으로 일관하다가 누군가 농담을 하면 가장 먼저 반응하여 살짝 웃어 보이는 점이라든지.

처음으로 식사 한 끼 같이 하자는 말을 꺼냈을 때, 치나미의 대답은,

"안 그러는 게 좋을 것 같아요."

였다.

"난 결혼도 했고, 무책임한 남자는 질색인걸요."

치나미가 망설이고 있음을 알 수 있었다.

"밥이나 한 끼 같이 먹자는 것뿐이에요."

눈을 보며 부드럽게 말해 보았다.

"망측해요!"

치나미는 가차 없이 나무라고,

"저 애를 데리고 가면 되잖아요?"

라고 덧붙이고 나서,

"인생이란 생각대로 되는 게 아니니까."

라고 못 박았다. 발언만으로 보면 거절이 분명했지만, 그건 거
절이 아니었다. 곤혹스러움과 될 대로 되라는 심정이 반반씩 섞
인 표정을 지으며, '생각대로'라는 말을 사용했으니까.

인생이 생각대로 되지 않는 것일지라도 인간은 생각대로 살아
야 한다고, 나는 생각한다.

나와 치나미의 관계 변화를 가장 먼저 알아챈 사람은 쇼코였다.

"우리 둘 다 그 남매한테 당한 거네?"

라고 했다. 재미난 표현이라고 생각했지만, 옳은 말인 것도 같
았다.

나와 치나미는 단둘이 만나게 되었다. 우리는 육체적인 궁합
도 좋다는 걸 알게 됐다. 무려 다섯 시간 동안이나 행위에 몰두한
적도 있다. 치나미는 여전히 나를 '무책임한 난봉꾼' 취급하고,
"이런 남자 때문에 이혼할 생각은 없다"면서 "하지만 사랑한다"

고 쌀쌀맞게 덧붙였다.

인간이란 알 수 없는 존재이다.

우리가 서로의 필요성을 깨닫기 시작하고 얼마 안 되어 치나미는 이혼을 했다. 내게는 일절 알리지 않고.

"유부녀 주제에 로를 유혹하다니, 형편없는 인간."

그 집 마당에서, 아키가 따지고 덤빌 때도 치나미는 표정 하나 흐트러뜨리지 않았다.

"당신이 상관할 바 아니잖아?"

그저, 그렇게 말했다. 가을의 마당에는 맨드라미꽃이 피어 있었다. 그 꽃 앞에서 아키와 치나미는 서로 노려보았다.

치나미는 무척 강한 여자이다. 뭐, 아키도 다른 의미에서 강한 여자이지만.

"같이 자는 것부터가 진부하다고 생각 안 해요? 잠을 자야만 확인할 수 있다니, 고독한 여자."

아키는 육탄전이라도 벌일 듯한 기세로 폭언을 퍼부었다. 보다 못한 곤이,

"아키."

하고 불렀으나,

"당신은 잠자코 있어."

하고 치나미가 차단했다.

"동생 취급당하고 있군."

지켜보던 치나미의 남동생이 유쾌한 듯 웃으며 자신의 연인을 향해 말했다.

"난 자 보지 않아도 로를 알 수 있어."

아키가 열을 올리고, 나는 가슴이 조금 뭉클해졌다. 그 집의 분위기에 지나치게 감화되었다고는 해도 내게는 과분한 발언이다.

"이것 봐."

치나미가 말했다.

"자도 알 수 있거든?"

막상막하였다. 어찌해야 좋을지 몰라 우물쭈물하는 내 귓가에 쇼코가 속삭였다.

"재미있네."

쇼코와 치나미는 조금 닮은 구석이 있다.

그해 12월에 나와 치나미는 혼인 신고를 했다. 쇼코한테서는 축전이, 아키한테선 조전弔電이 도착했다. 치나미는 둘 다 찢어 버렸다.

지금, 치나미는 내 곁에서 자는 숨소리를 내고 있다. 어느 틈에 해 버린 이혼에 대해 치나미는 "법적인 수속이야 누워서 떡 먹기지. 처음부터, 로와 결혼하게 될 줄 알고 있었는걸." 하고 말한다.
"로는 나를 낚았다고 생각할는지 몰라도, 실은 내가 로를 낚은
거야."라고.

그럴 수 있을까.

색다른 사람들 속에서 불편한 듯 앉아 있던 치나미가, 아시아
의 어린이 같은 동안 주제에 담배만 피워 대는 치나미가, 평범한
사무직 여성인 치나미가, 나를 '낚았다'니.

Ⅲ

겐고와 헤어지면서, 나는 영원이란 것을 믿지 않게 된 듯싶다.
그런데 로가 말하길, 그건 당연한 일이란다. 영원은커녕 시간이
라는 개념도 인위적인 가공의 개념일 거라고, 실제로 존재하는
것은 '순간'뿐이라고, 로는 말한다.

봄. 우리가 사는 맨션의 구석구석까지 봄기운이 그득하다.

일요일. 로는 좀체 일어날 기미를 보이지 않는다. 오늘은 저녁
무렵 그 집에 가기로 되어 있다. 나는 커피를 내려 혼자 마신다.
커피 메이커가 내는 보글보글 소리. 커피 향에 이끌려 로가 일어

나 주면 좋으련만, 하고 생각했지만 그렇게 되진 않았다.

가스레인지 주변이 더러워서 상판이며 삼발이를 들어내 씻고, 가스레인지는 매직 스펀지와 행주로 닦았다.

이 세상에는 집안일을 완벽하게 해내는 남자도 있다는 것을, 나는 그 집에서 알게 되었다.

"재난이네요."

언젠가 그 집의 안주인에게 그런 말을 하자 그녀는 크게 고개를 끄덕였다.

"재난이고말고요."

가는 눈썹을 추켜올리며 손에 든 위스키 잔의 얼음을 달그락거렸다.

"하지만 무츠키는 특별하니까 용서가 돼요."

무츠키. 그녀 남편의 이름이다.

"특별하다고요?"

그녀의 남편은 내 남동생과 마찬가지로 동성애자다.

"동성을 좋아하는 마음이 이해돼요?"

나는 물어보았다. 동성애자 남편과 10년씩이나 함께 살다니, 나로서는 상상도 할 수 없는 일이다.

"이해될 리가 있겠어요?"

머리를 흔들어 앞머리를 떨쳐 낸다.

"별 시시한 걸 다 묻네요."

난 그녀가 싫진 않다. 다만, 이해가 안 될 뿐이다. 이해되지 않는 것은 힘들다. 11시. 이제 로를 깨워도 될 시간이다. 방문을 획 열고 들어가 불룩한 침대를 덮친다. 불과 얼마 전까지 다른 남자에게 했던 것처럼.

"잘 잤어?"

사방팔방 헝클어진 로의 머리카락에 입을 맞춘다. 뺨에도 눈 두덩에도, 잠옷 속의 부드러운 피부에도.

영원 따위 없어도 좋다. 아무 상관 없다. 전혀, 조금도.

빵과 달걀과 베이컨으로 든든하게 아침을 먹고 나서, 나와 로는 차를 타고 외출했다. 도중에 펫 숍에서 고양이 완구를, 몽상클래르Mont St Clair에서 파르 브르통이라는 쿠키를 샀다.

"약속, 펑크 내면 어떻게 될까?"

조수석 창을 열고 담배를 피우면서 말해 보았다.

"날씨도 좋고, 어디 좀 더 멀리 나가 보면 어때?"

로는 운전을 잘한다. 난 운전하는 로를 보는 게 좋다.

"약속은 지켜야지."

로가 말한다. 나는 라디오를 켜 본다.

로와의 첫 데이트는 초밥집에서였다. 두 번째가 도미 전골집, 세 번째가 고깃집, 네 번째는 국숫집이었다. 어디 할 것 없이 다 맛있고 세련된 가게여서, 내심 불량 중년의 면모를 여실히 보여 주는구나, 라고 생각했다.

도미 전골집에서 돌아오는 길에 키스를 하고, 고깃집에서 돌아오는 길은 어색함이 남아서 어영부영 보내고, 국숫집에서 만난 날 로의 집에 갔다. 그 집엔 개와 고양이가 있었고, 동물 털에 알레르기가 있던 나는 바로 도망쳐 나왔다. 쫓아온 로와 러브호텔로 가서 서로를 안았다.

그리고 그 이튿날, 나는 겐고에게 헤어지자는 말을 꺼냈다.

겐고와의 3년 결혼 생활은 폭풍과도 같은 나날이었다. 우리는 학창 시절에 만나 한 번 헤어졌다가 다시 만나면서 애정이 급속도로 타올라 결혼했다. 처음 만났을 때 우리는 둘 다 법학부에 재학 중이었는데, 결혼 당시 나는 이미 지금 다니는 회사에 입사한 후였고, 겐고는 가업인 주유소를 물려받은 상황이었다. 우리는 2세대 주택 형태로 겐고의 부모님과 함께 살았다. 그 집안에는 내가 하는 일에 딱히 애착이 없다면 사표를 내고 들어앉는 게 낫지 않겠냐는 공기가 충만해 있었는데, 겐고는 신경 쓸 것 없다고 말해 주었다.

나는 그 집안이 싫었지만, 영업이 끝난 후의 주유소는 좋았다. 여기저기 청소하고 주변을 쇠사슬로 주욱 둘러치는 뒷정리만큼은 종종 거들었다. 하지만, 그뿐이었다. 그것 말고는 보탬이 되지 못했다.

시어머니는 내게 곧잘 선물을 사다 주셨다. 옷이라든지 구두라든지. 나는 딱히 갖고 싶진 않았으나 겐고는 그냥 받아 두면 되지 않냐고 했다.

겐고는 일벌레였다. 나는 그런 점에서 내 자신을 행운아로 여겼다. 주유소에서 일할 때의 겐고는 몸놀림이 빠르고 아름다웠다. 또한 고교 시절에 체조부 소속이었던 겐고는 휴일 아침이면 종종 주유소 뒤에서 혼자 줄넘기를 했다. 로키처럼.

주유소 일이 끝나면, 겐고는 대개 시가에서 식사를 했다. 집에 들어와선 잠자는 일이 전부였다. 하지만 아이는 기다렸기에 부부 생활은 가끔씩이나마 빼놓지 않고 했다.

그런 나날.

상상도 안 해 본 생활이었지만, 불행하단 생각은 들지 않았다. 이런 것도 인생이려니 여겼다.

귀국한 남동생이 게이라는 사실도 그 무렵에 알게 됐다.

"상관없지?"

동생의 말에 나는,

"상관없어."

라고 대답했다.

인생은 내가 어쩌지 못하는 방향으로 흘러가고 있었다. 계절이 바뀌듯 모든 것이 나의 바깥쪽에서 흘렀다. 저항할 수 없었고, 내가 저항하고 싶은지 어떤지도 알 수 없었다.

그러던 차에 로를 만났다. 내 인생은 내 것이라고 일깨워 준 사람이 로다.

"우리, 헤어지는 게 좋을 것 같아."

내가 겐고에게 그 말을 꺼낸 날은 주유소의 휴무일이었다. 겐고가 줄넘기를 하고 나서 다시 한숨 붙이고 일어나 식사를 마쳤을 즈음이었다.

겐고는 놀라지 않았다.

"다시 한번 생각해 줘."

내 귀엔 그 말을 하기 전에 겐고가 조그맣게 혀를 차는 소리가 들린 것 같았다. 그게, 뭔가 결정적인 역할을 했다.

"다시 생각할 여유 없어."

다부지게 말했다. 그건 로와는 관계없는 일이었다. 내 입장에선 로와 관계가 있는 일이지만, 로한테는 무관한 일이었다.

창문이 열려 있었다. 빨랫줄에 타월이 두 장 걸려 있었고, 겐고는 일어나서 그것을 거둬들였다.

소낙비가 내리는 참이었다. 방 안도 바깥도 어둡고, 후텁지근하고 먼지 낀 날씨였다.

겐고는 한숨을 쉬고, 이윽고 말했다.

"내가 졌다."

딴엔 일을 심플하게 마무리 지은 셈이었다. 적어도 평탄하게.

겐고와의 사랑, 한순간이나마 믿을 수 있었던 영원, 화려하게 올린 결혼식이며 신혼여행, 그 후의 행복과 불행, 놀라움과 위안, 위로와 거절, 곤혹과 불신, 체념과 안정, 거짓과 진실. 그러한 모든 것은 남동생이 말하는 '첫 현실'이었는지도 모르지만, '하지만 이미 지나간 일'이다.

"로."

옆에서 운전하고 있는 두 번째 남편에게 말해 본다.

"로도 무책임하지만, 나도 무책임해. 지금 깨달았어."

로가 신기한 듯 나를 본다.

"치나미가?"

그리고 웃었다.

"개 알레르기에 고양이 알레르기에, 딱 한 번 잤을 뿐인데 죄책

감을 견디지 못해 '법적 수속'을 해 버리고, 아침은 커피만으로 좋다는 남자에게 단백질과 탄수화물과 지방을 먹이는 치나미가?"

로는 가끔 이야기의 방향을 착각하거나 혹은 잃어버린다.

내가 궤도를 수정하는 수밖에.

"그래. 하지만 무책임하지 않게 살아가는 방법은 없나 봐, 역시."

잘난척쟁이 로는 그 점에 대해 잠시 생각하고 나서 말했다.

"나한테 너무 물든 거 아냐?"

그 말에 나는 유쾌해진다.

"로와 결혼한단 소리를 들었을 때는 놀랐지만."

지난달, 우쓰노미야에서 돌아오는 길에 들른 바의 카운터에서 테킬라를 홀짝이면서 했던 남동생의 말을 떠올린다.

"이번 결혼이 언제까지 지속되든, 누나가 즐거워 보여서 다행이야."

일찍이, '내가 세계적으로 유명한 바이올리니스트가 되면, 누나에게 수영장 딸린 집을 사 줄게.'라고 했던 남동생은 컴컴한 바의 스툴에 구부정하게 앉아, 연인과 마주 보면서 그렇게 말했다.

"즐거운 게 최고야."

라고.

내 동생이 자기 남편의 연인을 앗아 갔을 때, 그 집의 안주인은 울었다고 한다. 나는 그 이야기를 로한테서 듣고 동생에게 확인했다.

"복잡한 사정이 있겠지."

라는 것이 로의 의견이고,

"쇼코도 곤을 좋아하는 것 같아."

라는 것이 동생의 의견이었다.

"셋이 지내는 데 너무 익숙해진 게 아닌지."

그 말을 할 때의 동생의 옆얼굴에 어쩐지 쓸쓸한 그림자가 어렸던 것을 기억한다.

하지만 내겐 그건 아무려나 상관없는 일이다. 내 인생만으로도 머리가 터질 지경이니까. 오늘도 아키의 얼굴을 봐야 한다. 게다가 차 안은 따스해서 금세 졸음이 밀려왔다.

Ⅳ

"지금 버드나무가 아름다워요. 보러 올래요?"

전화로 쇼코에게 그 말을 듣고 나와 치나미는 지금 차로 이동 중이다. 치나미는 그 집에 가는 것을 그다지 달가워하지 않는다.

그들이 겉보기엔 독특해 보여도 평온한 규칙에 따라 살고 있다는 것을 치나미에게 설명하고 싶지만, 치나미는 들으려 하지 않는다.

"공정한 척하지 마."

결국은 그런 말까지 듣고 만다.

"공정하게 구는 거, 너무 싫어. 그러니까, 아키가 좋은 애니 뭐니, 그딴 말 하지 마. 그 집 남편이랑 부인을 칭찬하는 것도 그만해. 좋은 애든 나쁜 애든 아무래도 상관없어. 로는 뭔가 특별한 느낌 없어?"

물론 있지, 라고 솔직하게 대답하면 오히려 치나미의 화를 돋우게 된다.

"그럼, 로한테는 어떤 게 특별한 건데?"

"모두 특별하지. 달리 어떤 게 있는데?"

치나미한테는 그런 이치가 통하지 않는다.

"허랑방탕한 사람."

라고 흘닦이는 것이 고작이다. 하지만 난 그녀의 바로 그런 점을 좋아하는 것 같다.

"나만 특별하게 여겨."

그런 말을 진지한 얼굴로 말할 수 있는 여자를 난 달리 알지 못한다.

치나미는 잠들어 있다. 엔진을 멈춰도 눈을 뜨지 않기에 나는 혼자 차에서 내렸다. 어차피 나와 요루의 재회가 끝날 때까지 치나미는 그 집에 발을 들이지 않을 것이다. 요루는 예전에 내가 키우던 고양이로 지금은 이 집 고양이다.

3시 50분. 약속한 4시보다 10분 빠르지만, 나는 상관 않고 미닫이문을 열었다.

"안녕하세요!"

오래된 집 특유의 조용한 냄새가 나는 현관에는 세잔느의 복제화가 걸려 있다.

"어서 와요."

아키가 쫓아 나와 날 끌어안고,

"오랜만이에요."

라는 목소리와 함께 쇼코의 남편이 얼굴을 내미었다.

"요루는 침실에. 가둬 두지 않으면 치나미가 힘들 거라면서, 쇼코가 어젯밤부터 가둬 뒀어."

"동물을 사랑하지 못하다니, 치나미 씨는 아무리 생각해도 재수 없는 여자야."

아키가 말하고,

"아무리 생각해도, 는 좀 이상하다."

라고 쇼코의 남편이 지적했다. 이 집의 분위기는 늘 이렇다.

"쇼코는?"

물으면서 구두를 벗고, 치나미가 좀 더 자 주길 기도했다.

"부엌에."

아키의 대답을 등 뒤로 들으며 계단을 올라 침실로 갔다.

"요루야— 요루—"

그새를 못 참고 달콤한 목소리로 부르면서.

10분 후에 아래층으로 내려오자 치나미가 마당에 식기를 나르고 있었다. 딱 한 그루 있는 버드나무 아래에 테이블이 마련되어 있다.

"설마 했는데."

치나미가 낮은 목소리로 말했다.

"설마 했는데, 자기 아내를 내버려 두고 갔겠다?"

"하도 곤히 자길래."

나는 우물거리듯 말했다.

"그야 당연히 자는 척한 거지."

치나미가 사뭇 얕잡아 보는 듯이 눈썹을 올린다.

"차 안에 옷솔 있으니까 고양이 털 떨어내고 와."

"내가 속은 거야?"

치나미가 나를 빤히 보며 생긋 웃는다.

"응, 속은 거야."

치나미의 남동생과 곤이 도착하고, 아키가 나를 불렀다.

"로! 음악 좀 골라 줘요. 관능적인 게 좋아. 이와타 선생님네 CD는 어려워."

"옷 솔질이 먼저야."

치나미의 말에 나는 아키에게 대답만 하고 차로 돌아왔다.

주택가의 바람이 부드럽다. 담에 바싹 붙여 주차해 놓은 차 안에 옷솔과 메모가 놓여 있었다.

'살롱엔 7시까지만 있어요. 중간에 빠져나와 둘이서 밤 벚꽃 놀이라도 가는 건 어때요?'

어린애 같이 큼직한 글씨로 그렇게 적혀 있었다. 나는 한숨을 쉰다. 그 한숨은, 절반 행복한 한숨이었다. 밤 벚꽃 놀이라. 그것도 좋을지 모른다. 치나미는 늘 이렇게 우격다짐으로 나와 마주하려 한다.

집 안으로 돌아오자 쇼코가 샴페인을 내오는 참이었다.

"우리 집 버드나무, 아름답죠?"

기쁜 듯이 말한다.

"우라베 나무라고 이름 지었어요. 어쩐지 어울리지 않아요?"

나는 어이가 없었다. 이 집에는 이것 말고 '곤 나무'도 있다. 그건 울툭불툭한 느낌이 나는 나무로 화분에 심겨져 거실에 놓여 있다.

"그 이름에 대해 무츠키는 뭐라는데요?"

내가 묻자 쇼코는 부드럽게 미소 지으며 대답했다.

"좋은 이름이라고."

화창한 날이다. 해 질 녘, 오늘의 마지막 빛이 마당을 채색하고 있다.

"우라베 군, 또 바이올린 연주해 줄 거죠? 무츠키가 우라베 군의 바이올린 소리를 무척 좋아해요."

쇼코가 말했다.

이해할 수 없다는 얼굴로 치나미가 나를 본다.

샴페인이 나눠지고 우리는 모두 마당으로 나왔다. 노랗고 작은 꽃이 피어 있다.

"저건 개나리예요. 꽃 이름도 조금은 알아 두는 게 좋아요."

치나미의 남동생이 곤에게 가르쳐 준다. 건배를 하고 우리는 각자 거품 나는 액체를 홀짝였다.

"따라라 따딴, 따라라 따딴."

연초록으로 흔들리는 버드나무 아래, 이미 무료해 보이는 나의 아내가 작은 목소리로 노래하고 있다.

기묘한 장소

구니에, 가즈코, 미미코. 이 세 사람은 아마도 남들 눈에는 비슷한 나이대의 여성들로 보이리라. 실제 나이는 구니에가 예순아홉, 가즈코가 쉰둘, 미미코가 쉰이었다. 젊어서부터 화장을 거의 하지 않았던 구니에는 여전히 화장을 안 해도 희고 건강한 피부를 자랑하며, 키가 크고 마른 체형인 데다 자세가 좋아서 실제 나이보다 훨씬 젊어 보인다. 반대로 가즈코는 실제보다 다소 나이가 들어 보였다. 검정 오버코트에 검은 장갑, 검정 부츠라는 검정 일색의 차림새는 그 편이 조금 날씬해 보일지 모른다는 얕은 생각이 은연중에 습관처럼 굳어 버린 것인데, 사실 별 효과는 없었다. 미미코로 말하자면, 일찍이 스튜어디스로 일한 경력이 엿

보이는 화려한 외모이긴 하지만, 화장도 복장도 지나치게 화려해서 다소 요괴스러워 보이는 데다, 나이를 가늠하긴 어려워도 젊지 않다는 것만은 확연히 드러났다. 그런 연유로 세 사람은 비슷한 나이로 보였다. 중년 여성 중에서도 나이가 많은 부류라 할 수 있을 것이다.

오늘은 오랜만에 세 사람이 만나는 날이었다. 약속 장소는 예년과 다름없이 전철역을 나와 오른쪽 계단을 내려가면 있는 파출소 앞이었다. 구니에는 버스로, 가즈코는 전철로, 미미코는 택시로 그곳에 도착했다. 구름 낀 추운 날 정오였다.

"어쩌나. 눈 올 것 같지 않니?"

인사 대신 구니에는 그렇게 말하고 무스탕 코트를 여몄다.

늘 가던 프랑스 요리점에서 점심을 먹는다. 일 년에 한 번 있는, 세 사람의 약속된 일이다. 민가를 개조한 이 작은 가게에 예전에는 세 사람 다 자주 오곤 했는데, 지금은 요리사도 종업원도 다 바뀌고 말았다.

"에?"

최근 귀가 어두워지기 시작한 구니에는 요리에 대해 설명하는 웨이트리스의 말을 알아듣지 못해 또 다시 되물었다. 메뉴판이야 손맡에 있고, 형식적인 설명쯤 흘려들으면 그만이라고 여기는 사람들도 있을지 모르지만, 이 여자들은 도무지 그게 안 되는 성격이다.

"지금 이 사람, 뭐라고 했어?"

구니에가 묻고,

"엄마도 참, 사람 무안하게."

라고 가즈코가 나무란다.

"그래도, 설명을 알아들어야 뭐든 주문을 하잖겠어?"

"맞아."

딱 잘라 말한 사람은 미미코였다. 미미코가 설명을 되풀이하는 역을 맡는다. 난감한 건 셋 다 잘 웃는 버릇이 있어서, 지금 이러는 동안에도 세 사람은 상황 자체가 우스워서 나란히 키득키득 웃고 있었다.

"안 돼요, 웃고 그러면. 왜 웃는데?"

그렇게 말하는 가즈코도 웃고 있다.

"아, 아가씨 때문에 웃는 건 아니에요."

구니에가 웨이트리스에게 말한다. 영문을 모르는 웨이트리스야 당연히 언짢은 마음으로 서 있을 수밖에.

"이러니 세상 사람들이 나이 든 아줌마를 싫어하는 것도 무리는 아니지."

"누가 아니래."

여전히 웃으면서 세 사람은 넉살 좋게 이야기했다.

식사 중에 그녀들이 나누는 이야기는 '그 양반이 살아 있었을 무렵의 일'과 '요즘의 기묘한 일', 이 두 가지이다. 그 양반이란 벌써 20여 년 전에 타계한 구니에의 남편이자, 가즈코와 미미코의 아버지다. 기묘한 일이란 세상 사람들의 행동 및 언어 습관을 말하는데, 세 사람은 거기에 지대한 관심을 갖고 있다. 말하자면 방관자로서의 관심이다.

예를 들어 가즈코는 이렇게 보고한다.

"요전 날 K역에서 말이지. 여학생 둘이 계단을 내려가면서 '전철 빨리 안 오려나?' '앗, 이쪽 방면 왔삼!' 하고 말하는 거야."

"왔삼? 그거 사투리야?"

미미코가 눈썹을 추켜올리며 물었다.

"그렇게 생각되지? 그런데 그게 아냐. 그냥 '왔다'는 말을 그렇게 쓰는 모양이야."

"헤에— 요즘엔 그런 식으로 말을 하니?"

"별일이네."

"그렇지?"

세 사람은 저마다 말한다. 원래 그녀들은 이 세상을 '기묘한 장소'로 인식하고 있었다. 더구나 그게 해가 갈수록 더욱 기묘해져 간다. 구니에에겐 남편이 세상을 뜨고부터였고, 가즈코와 미미코에게는 언제부터인지 모르게 시작된 일이었다. 어찌됐든 세 사람에게 세상은 이미 자신들의 이해가 미치지 않는 곳이었다. 가즈코는 직장에 나가고, 미미코는 자택에서 영어 교실을 운영하고 있다. 가즈코에게는 남편이 있고, 미미코는 독신이지만 남자와 함께 살고 있다. 그러나 그러한 것들은 자신과 세상의 거리를 넓히기만 할 뿐 좁혀 주진 않는다.

식사를 마치고 가즈코와 미미코 둘이서 계산을 했다.

"자. 준비 됐지?"

구니에가 엄마답게 앞장서 자리를 떴다. 가게를 나온 세 사람은 몸과 마음을 다잡고 서둘러 마트에 들어선다.

'저녁나절의 장보기'.

오늘 모임의 명목이다. 세 사람은 결코 쩨쩨한 성격은 아니지만, 평소 절약이 몸에 배어 있다. 다만 일 년에 한 번 뿐인 이 날만은 예외였다.

예전에 이 행사에 동참했던 가즈코의 남편은 세 여자의 맹렬함에 겁을 먹고 두 번 다시 참여하지 않게 되었다. 그때 남편이 가즈코에게 한 말, "당신들, 마치 몬스터 같아."는 세 사람 사이에서 지금껏 회자되고 있지만, 그를 나무랄 수는 없으리라.

여하튼 세 사람은 "새해가 온다고 생각하면 왠지 마음이 들떠." "좁쌀맞게 굴고 싶지 않아." "한동안 가게들도 죄 문을 닫을 테니 행여 뭐라도 모자라면 큰일이잖아." "어쩐지 신이 나." "카트에 뭘 담아야 할지 모르겠어."라는 말을 해 가며 장을 본다. 더구나 신이 나서 자꾸 웃는 바람에 남들의 이목을 끈다.

가장 많이 사는 품목은 청과물이다. "풍요로운 기분이 드니까.", "이 나이가 되면 육류는 그다지 당기지 않으니까."라는 것이 그 이유이다. 그러나 "단백질은 중요하니까" 물론 고기며 생선도 산다. "냉동해 둘 거니까" 여러 개. 빵과 달걀과 우유는 필수품이고, 평소 먹지 않는 치즈나 초콜릿도 갑자기 사고 싶어진다. 예쁜 무늬의 종이 냅킨도. 한 사람이 하나씩 미는 카트는 순식간에 물건들로 가득 찬다.

매년 그렇지만, 가즈코와 미미코는 혼잡한 매장 안에서 펼쳐지는 구니에의 민첩함에 놀란다. 잠깐 한눈을 팔면 두 사람 다 모친을 놓치고 만다. 이윽고 돌아온 구니에는, 캔에 든 사탕을 여섯 통씩이나 가지고 와선 딸들의 카트에 멋대로 던져 넣는다. "이건 사다 두거라." 하고 근거 없는 자신감에 가득 찬 말과 함께. 가즈코와 미미코는 웃음을 터뜨리고 만다.

그런가 하면, 미미코는 통로에 쭈그리고 앉아 식기 세제에 적힌 주의 사항을 열심히 읽느라 5분 이상 움직이지 않을 때도 있다. 그 모습을 보고 구니에와 가즈코는 다시 웃는다.

그렇게 그녀들은 장을 본다. 두 시간씩이나 들여서, 활기차게, 진이 다 빠지도록.

밖에 나오자 날은 저문 지 오래였다.

"뭐야. 벌써 어두워졌잖아."

구니에가 말하고, 약속이라도 있는 듯이 손목시계를 들여다본다. 아주 오래전에 남편한테 선물 받은 손목시계를.

"아아, 실컷 웃었네."

"재밌었어."

가즈코와 미미코가 한 마디씩 하고, "짐이 많아서 달리 뭘 하지도 못하겠다."라는 결론에 이르러 나란히 택시 승강장으로 향한다.

"좋은 하루였지."

"좋은 일 년이었어."

"내년에도 다시 유쾌하게 살아 보자고요."

아마도 남들 눈에는 비슷한 나이로 보일, 몬스터 같은 세 여인은 각자 택시를 나눠 타고, 저마다의 장소로 돌아간다. 산더미 같

은 식료품을 품에 안고서. 세상이라는 이 기묘한 장소에서 새로
운 한 해를 다시 살아 내기 위해.

| 작가의 말 |

왜 글을 쓰냐고 물으면, 그것 말고는 할 줄 아는 게 없어서라고 대답합니다. 다른 일도 조금이나마 시도는 해 봤습니다. 이십 대 초반의 일입니다. 그동안에도 글은 썼지요.

이 책 속의 이야기는 대부분 그 무렵에 쓴 것입니다.

그때그때의 이유로 여기저기 써 둔 채 내버려 두었던 소설을 한데 모을 기회를 주신 신쵸문고新潮文庫 편집부에 감사드립니다. 다 맘에 드는 건 아니지만(세 편은 마음에 듭니다), 되읽어 보며 하나같이 저의 지문이 묻어 있다는 데 놀랐습니다. 지문은 무서워요, 정말.

하지만 무섭다는 감정이 저의 이제까지 인생에서 가장 큰 에너지였다고 생각합니다. 만약 겁쟁이가 아니었다면, 전 전혀 다른 인간이 되었을 거예요. 지금과 전혀 다른 인간으로, 아마 글을 쓰는 일도 없었을 거라 생각합니다.

저는 제 소설 속에 등장하는 인물들이 '그 후에도 어딘가에서 잘 지내고 있다'고 생각하는 걸 좋아하는데, 여기에 실린 아홉 편 가운데 「맨드라미의 빨강 버드나무의 초록」은 『반짝반짝 빛나는』이라는 소설의 뒷이야기입니다. 「포물선」은 처음으로 문예지에 소개되어 기쁨을 주었던 소설이고, 「선잠」은 그림이 많이 실린 문예 무크지라는 것을 처음 보았기에 흥미진진했던 기억이 납니다.

한 편 한 편 새로 써 내려가게 도움 주신 편집자 한 분 한 분을 생각하니 고마움을 넘어 송구스러울 따름입니다.

2007년 1월, 비 오는 토요일에.

에쿠니 가오리

늙은 아내를 위해 기꺼이, 죽은 엘비스 프레슬리가 되어 주는 남편, 신문의 부고란을 보고 낯선 이의 장례식에 참석하는 이색적인 취미를 가진 부부, 온몸이 녹신녹신해질 만큼 사랑하는 사람이 있으면서도 여러 남자와 관계를 갖는 여성, 남편을 배신한 곤의 나무를 여전히 사랑으로 키우는 여자 쇼코……

에쿠니 가오리의 작품에는 유독 일상의 범주를 벗어난 독특한 인물이 등장한다. 그것도 지극히 자연스럽게. 결코 평범하지 않은 설정에도 불구하고, 그들의 이야기 속으로 빠져들다 보면 어느덧 '아, 그럴 수도 있겠구나.' 더 나아가 '이것도 뭐 괜찮지 않나?' 하는 생각이 들고 마니, 매번 당황스럽다. 어떤 결과가 나와도 수긍할 수 있게 만드는 작가로서의 능력이 얄미우리만치 부러울 따름이다.

『반짝반짝 빛나는』그 10년 후 이야기가 담겨 있다는 것만으로 기대와 궁금증을 자아냈던 이번 단편집은, 그 외에도 1989년부터 2003년까지 길다면 긴 시간 동안 쓰여진 단편들을 한 권으로 묶어 놓았다는 점에서 주목할 만하다. 짧지만 강렬한 여운을 남기는 것에서부터 장편으로 이어 간다 해도 손색이 없는 작품까지, 에쿠니 가오리만의 색깔과 분위기가 이 한 권에 응축되어 있다. 작가 후기에서도 밝혔듯이, 어디에나 그녀의 '지문'이 묻어 있다는 점에서 한 편 한 편 순서대로 읽어 내려갈 필요가 있다. 이때는 어떤 마음으로 이런 글을 쓰게 되었을까, 작가의 마음과 시간들을 함께 공유하며 읽는 기쁨.

'인생은 내가 어쩌지 못하는 방향으로 흘러가고 있었다. 계절이 바뀌듯 모든 것이 나의 바깥쪽에서 흘렀다. 저항할 수 없었고, 내가 저항하고 싶은지 어떤지도 알 수 없었다.'

그녀의 작품 세계를 감히 한마디로 표현하자면, 쓸쓸하다. 그냥 쓸쓸한 것이 아니라, 콧노래를 부르며 쓸쓸함을 바라보는 느낌이랄까. 슬프고, 따뜻하고, 안타깝고, 후련한 모든 감정이 담담하게 그려지고 있지만, 그 조용하고 절제된 이야기가 마음을 두

드린다. 또한 그런 만큼 그녀의 소설은 민망할 정도로 솔직하다. 특히 지극한 자기애自己愛가 문장 속에 여지없이 묻어난다.

'인생은 즐기기 위해 있는 것이고, 상대가 남자든 여자든 보고 싶을 때 봐야 하고, 그때가 아니면 갈 수 없는 장소, 그때가 아니면 볼 수 없는 것, 마실 수 없는 술, 일어나지 않는 일이란 게 있다.'

결국 스스로 보고 듣고 느끼고 생각하고 행동하는 것이 진짜 인생임을 작가는 이야기한다. 인생이 생각대로 되지 않는 것일지라도 인간은 생각대로 살아야 한다고⋯⋯.

『반짝반짝 빛나는』의 주인공인 쇼코와 무츠키와 곤은 여기서는 새롭게 등장한 로와 치나미 부부의 주변인이자 매개체로 그려지고 있다. 처음에는 예상을 뒤엎는 다소 충격적인(?) 전개에 아쉬움이 컸던 것도 사실이다. 하지만 현실이란 행복한 결말이 나든 그렇지 않든 계속되는 것임을, 일상이란 늘 좋은 일과 그렇지 않은 일이 반복되는 것임을 알기에 그러한 낯선 기분도 오래 가지는 않았다.

행복과 불행, 놀라움과 위안, 위로와 거절, 곤혹과 불신, 체념과 안정, 거짓과 진실, 무엇 하나 한 자리에 머물러 있는 것은 없다. 사람도 풍경도 변하기 마련이듯 쇼코와 무츠키와 곤의 일상 또한 그렇게 변하면서 계속되어 가리라.

2008년 2월,

신유희

- 「러브 미 텐더」···「소설 NON」1989년 12월호*
- 「선잠」···『앨리스 나라』가와데쇼보신샤(河出書房新社) 1990년 7월 간행*
- 「포물선」···「스바루」1990년 11월호*
- 「재난의 전말」···「우미츠바메(海燕)」1992년 10월호
- 「녹신녹신」···「야성시대」1993년 11월호*
- 「밤과 아내와 세제」···「주간신조」2000년 11월 23일호*
- 「시미즈 부부」···「BAILA」2001년 10월호
- 「맨드라미의 빨강 버드나무의 초록」···「에쿠니 가오리 버라이어티」신쵸사 2002년 3월 간행
- 「기묘한 장소」···「아사히 신문」2003년 1월 1일

*표시 작품은 『에쿠니 가오리 애장 작품집』(매거진 하우스 2001년 8월 간행) 수록